마음의
안부를
묻는 시간

마음의 안부를 묻는 시간

불안으로부터 나를 지켜낸
25명 마음 치유 기록

묻는 시간

윤주은 지음

안 될   욕먹을   비난받을   아플   버림받을

'까봐'

아무것도 못하는 사람들을 위한 마음 처방전

문예춘추사

오직 모를 뿐, 다만 행할 뿐

〈까봐카드〉 워크숍을 할 때마다 더 많은 사례를 듣고 싶다며 책을 써달라는 요구가 많았다. 그럼에도 책을 출판하기까지에는 많은 용기가 필요했다. 책 출간이 과한 욕심일까봐, 출간 후 독자들에게 환영받지 못할까봐, 인정받지 못할까봐, 비난받을까봐 등의 망상들 안에 갇혀 있었다. 이런 망상들이 사라져야 했다. 이런 망상불안 속에서 나를 적극적으로 구원해내야만 했다. 나를 구원하기 위해 마음자리, 궁극의 안도 자리, 내가 되는 자리에 가는 것을 우선순위로 삼았다.

8년 만에 그 자리에 다다랐다. 깨어나 보니 망상이랄 것도 없는 것이었다. 망상이 없으니 용기랄 것도 없는 것이었다. 아무엇도 아니었다. 무엇으로 고통스러웠던지, 무엇으로 벌벌 떨며 무서워했던 것인지, 일체가 망상이라는 것을 깨우쳤다. 깨우쳤다 하더라도 현실의 다양한 문제들과 감정들은 여전히 존재하지만, 이제 이것들은 더 이상 나라는 주체를 힘들게 하지는 않는다.

〈까봐카드〉는 내 안에 깃든 막연한 불안을 알아차리게 돕는 도구 카드이다. '잘못될까봐, 실수할까봐, 비난받을까봐, 인정받지 못할까봐' 등의 불안심리가 모두 '까봐'로 끝나기에 〈까봐카드〉라고 이름 지었다. 무엇 때문에 불안한지도 모르는 채 막연히 불안을 호소하는 내담자들을 위해 자연발생적으로 탄

생한 도구이다.

자연발생적인 것은 보편성을 가진다. 보편성을 갖는 〈까봐 카드〉는 불안한 마음을 알아차리고 스스로가 문제를 해결하는 역동의 시간들을 마주하게 한다. 일면식도 없던 사람 앞에서 자신의 불안을 토로하고, 더 나아가 스스로가 이건 아무것도 아니었다는 문제해결에까지 이르게 한다. 심리분석, 정신분석까지 하지 않더라도 스스로가 자신의 문제를 해결하는 장면들을 수없이 지켜보았다. 그리고 '불안'만큼은 교육으로 해결된다는 것도 경험했다. 물론 과거의 깊은 상처가 있는 분들은 상담과 병행해야 망상불안에서 나올 수 있지만, 비교적 건강한 양육과정을 거친 분들은 워크숍만으로도 망상불안을 알아차리고 스스로가 그 속에서 나올 수 있었다.

나는 누구보다 망상불안에 시달리던 사람이었다. 나 스스로가 이러한 아픔을 갖고 있었기에 나와 같은, 나와 비슷한 아픔을 겪는 이들을 돕고 싶었다. 망상불안이라고 아무리 알아차리려도 계속해서 불안, 두려움으로 떨었다. 그러나 알아차림조차 없었다면 죽는 날까지 이런 증상을 고치지 못할 것이라며 연습을 했다. 알아차리고, 이름 붙이고, 괜찮다고 해주는 연습을 하면서 불안이라는 깊은 늪 구덩이에서 나올 수 있었다. 그리고 내가 나온 방법으로 나와 같은 타인을 도울 수 있게 되었다.

사실 내가 깨어나 보니, 단순했다. 입문에서는 그렇게 높고 어렵게만 보이던 경지가 막상 탁 끊기는 경험을 하고 나니, 깨치고 나니 괜찮았다. 궁극의 안도감이 들었다. 그래서 괜찮다는 것을 알려주고 싶었다.

이 책은 망상불안 사례를 주로 나누는 내용이다. 1장은 삶의 주체를 잃어버렸던 사람이 삶의 자세를 바꾸게 된 이야기, 망상불안의 원인값에 대한 이야기다. 2장은 〈까봐카드〉가 세상에 나오게 된 연유와 각 '까봐'들을 알아차리는 사례들을 공유한다. 그리고 3장은 '까봐'에서 나올 수 있는 여러 방편들을 소개하고, 4장에서는 그럼에도 '괜찮다'는 안도의 말을 전하고 싶었다.

나는 우리 사회에서 '까봐'라는 것이 하나의 대명사처럼 불리기를 바란다. '까봐' 하면 그건 망상이야, 그건 불안이야라고 너도나도 알아차리는 문화가 되기를 바란다.

망상불안이라는 것은 스스로를 알아차리지 못하는 문화의 대물림에 갇힌 것들이다. 그렇다면 문화를 바꾸면 되는 것이다. 그리하여 '까봐'가 없는 세상에서 우리 아이들이 편안하게 살아가기를 바란다. 누구의 잘못도 아니지만 결국 우리 모두의 잘못이었던 무지, 알아차리지 못했음을 이제 알아차림의 문화로 만든다면, 그 앞장을 '까봐'라는 단어가 해주기를 바란다. 이 책은 이런 마음으로 쓰게 되었다.

이 책에서는 현실 불안에 대한 언급은 비교적 적고, 주로 망상 불안에 대한 이야기를 나누었다. 현실 불안 극복은 다른 책들의 역할이 있을 것이기에. 그리고 비교적 쉬운 단어로 접근했다. 일상에서 쓰는 표현들과 사례 위주로 구성했으며, 어려운 용어들은 가급적 피하면서 보다 빠른 알아차림을 도우려 했다.

나는 현재 '디다봐학교'라는 이름으로 치유 프로그램을 브랜딩하고 있다. '디다봐'는 들여다봐의 경상도 방언이다. '디다봐학교'의 비전은 '모든 생각(망상)에서 벗어나 모든 원하는 일을 성취한다.'이다. 망상의 생각을 알아차리고 그 자리에 내가 원하는 성취의 생각을 넣어 연습한다면 이루지 못할 일이 없다. 나처럼 책을 출판하여 독자들에게 욕먹으면 어쩌지? 라는 망상으로 책 내는 것을 주저하기보다 '욕먹을까봐는 오직 모를 뿐'이라며 책을 쓰는 성취를 이루는 것이다. 실상은 아무것도 아니고 오직 모를 뿐이다. 단지 '까봐'가 내 발목을 잡고 있는 것이다.

우리 모두가 자신이 원하는 성취를 하면서 살 수 있다. '까봐'라는 망상에서 나와 참자아가 원하는 성취를 이룬다면 말이다. 삶의 성취를 원하는 모든 이의 소망에 이 책이 하나의 든든한 역할을 하기를 바란다.

차례

2장

내 안의 불안 알아차리기

3장

알아차린 불안 잠재우는 10가지 방법

4장

불안과 평생 거리 두기

'나는 누구인가?'라는 질문에 답을 내자,

용기랄 것도 없는 자리가 드러났다.

용기란 두려움 안에서 쓰는 말이라는 것을 알게 되었다.

우선순위로 두며 정진했던 '나를 찾는 길'의 선택은 옳았다.

자기주도적인 삶으로 태도를 바꾸며 달라진 것은

나에게 질문하는 일이다. 질문의 힘으로 여기까지 왔다.

1장

혹시 불안과 함께
살고 있나요?

내 삶의 주체가
누구인지 몰랐다

원하는 것이 무엇인지 깊게 사유하지 않은 삶의 대가는 컸다. 나의 20대는 하루하루가 급급했다. 생각하고 살지 않고 사는 대로 생각하며 살았다. 비단 나의 20대만 그렇지 않을 것이다. 아마 많은 20대가 나의 20대처럼 무엇에 쫓기듯 사는 대로 생각하며 살 것 같다. 그렇게 나는 인생의 주체가 누구인지 깊이 생각하지 않았다. 부모, 세상 사람들이 말하는 것들로 내가 되어 있었다. 인생의 주체가 무엇인지도 몰랐다.

요즘 강의를 할 때, 참여자들과의 아이스 브레이킹으로 묻는 말이 있다.

"국민학교 출신 손 들어보실까요? 그리고 초등학교 출신 손 들어보실까요?"

강의 연식이 늘어난다는 것을 이런 질문을 통해 알게 된다. 점점 초등학교 출신 수가 많아지고 있다.

나는 국민학교 출신이다. 우리 때는 오전 반, 오후 반이 있었고 그것도 한 반에 60명 이상이나 있었다. 한 학년에 10반까지 있었고 전교생 수가 5~6천 명이던 시절에 무남독녀는 전교에서 나 혼자였다. 친구들은 혼자라서 사랑을 많이 받겠다며 부러워했지만 나는 오히려 형제 많은 친구들이 더 부러웠다. 같이 놀 형제자매들이 있으니 심심하지 않을 것 같았고, 무엇보다 부모로부터의 폭력이 있다 하더라도 형제들이 있으면 위안이 될 것 같았다.

위안이 될 사람 한 명 없는 무남독녀 외동딸은 매일 밥상이 뒤집히고 폭력이 난무하는 집에서 살았다. 밥이 식었다는 이유로 밥상이 뒤집혔고, 말대꾸한다는 이유로 귀싸대기를 맞았으며, 성적이 떨어지면 집에서 쫓겨나야 했다. 나에게 집이란 언제 맞을지 모르는 공포의 공간이었다. 그러나 친척들 말에 부모가 나를 끔찍이 사랑해서 그러는 줄 알았다.

"주은이는 무남독녀 외동딸이잖아. 엄마 아빠가 너를 위해서 저렇게 고생하며 돈을 많이 버니까 사랑받고 좋겠다. 아빠가 다 너를 사랑해서 그래. 엄마도 너를 사랑하니까 가난을 물려주기 싫어서 저렇게 악착같이 돈을 버는 거야."

그래서 나는 부모가 진정으로 나를 사랑하는 줄 알았다. 무남독녀라는 사실 자체만으로 나는 충분히 사랑을 많이 받는 아이가 되어야 했다. 폭력과 학대와 사랑을 구분하지 못하고, 그것이 그저 사랑인 줄 알았다.

지금도 잊지 못한다. 밤마다 휑한 집에는 싸늘한 공기가 흘렀다. '엄마, 아빠는 언제 오지?' 창문 밖을 내다보면 깜깜한 밤에 앙상한 나무들이 유령처럼 서 있었다. 텔레비전을 크게 틀어 웃고 떠드는 소리로 방안을 가득 채워도 공포는 물러서지 않았다. 엄마가 오기만을 하염없이 기다리다 어느새 얼굴을 일그러뜨린 채 울기 시작하는 나. 울다 지쳐 머리는 방바닥에 처박고 엉덩이는 천장을 향해 올린 채 잠이 들었다. 자정 가까이 귀가한 엄마는 내 모습에 눈물을 흘리며 혼잣말을 했다.

"아이고, 텔레비전은 지지직거리는데 우리 주은이는 혼자 이렇게 자고 있네. 엄마가 돈 번다고 혼자 있게 해서 미안해. 다 너를 위해서 이러는 거야. 가난을 물려주고 싶지 않아서…."

엄마의 독백을 들으며 나는 잠결에 다짐했다. '날 위해 손톱이 닳을 정도로 일하시는데, 엄마를 위해 살아야지. 내가 공부

잘하면 아빠는 엄마와 나를 때리지 않을 거야. 우리집은 행복할 거야. 내가 공부를 잘하면 되지.' 그러나 이 악물고 결심하다가도 마음은 금세 물러졌다.

'근데 엄마, 나 무서워. 혼자서 엄마 기다리는 거 무서워. 엄마 빨리 좀 오면 안 돼?'라고 엄마를 기다리며 밤새 울었던 아이, 아빠를 만나는 게 무서웠던 아이는 아직도 내 가슴 언저리에 조용히 숨죽이며 웅크리고 있는 듯하다.

야단맞지 않기 위해서, 두들겨 맞을까봐 겁이 나서 시키는 대로 공부를 했음에도 성적은 그들이 원하는 결과를 내지 못하는 경우가 다반사였다. 야단맞지 않기 위해 눈앞에 놓인 중간고사, 기말고사 등 오로지 시험 성적만 걱정하며 살았다. 성적에만 급급했던 나는, 내가 무엇을 잘하는지? 무엇을 할 수 있는지? 무엇을 하면 가슴이 뛰는지? 잘하고 싶은 것은 무엇인지? 하고 싶은 것은 무엇인지? 자신을 되돌아보며 물어볼 여유가 없었다. 그저 눈앞에 닥친 성적이라는 현실만 쳐내기에도 버거웠다. 이 버거움은 언제나 두려움, 공포, 죽음을 동반한 무거움이었다.

'나를 돌아본다.'는 게 무엇인지? 그 시절 나에게 그런 세계는 없었다. 대학 입시도 아빠가 정해줬다. 영어영문학과보다 일어일문학과가 줄이 적고, 가스나는 언어나 문학을 해야 한다고 했다. 내가 원하는 삶 따위의 질문은 불필요했다. 그저 눈앞에 닥친 시험을 치르는 것만으로도 숨이 찼다. 가슴 밑바닥에 돌덩이가 하나 둘 가라앉았다. 폭력과 죽음에 대한 공포가 내 안에 침잠했다. 유일하게 내가 나에게 묻는 질문은 '어떻게 하면 죽을 수 있을까?'였다. 마음 밑바닥에는 양가의 감정이 존재했다. 아빠에게 맞아 죽을까봐 두려우면서도, 한편으로는 진짜 죽고 싶었다.

일본어의 히라가나도 모르고 들어간 학부 공부는 따라가기 벅찼다. 여전히 성적에 급급해하며 어느새 4학년이 되어 진로를 정해야 했다. 사회에 나가는 게 두려웠다. 할 수 있는 일도 없고 잘할 자신도 없었다. 그가 원하는 삶을 선택하기로 했다. 대학원을 무슨 벼슬처럼 생각하는 분이셨다. 아빠의 학벌 콤플렉스를 대리만족시킬 수 있겠다고 생각했다. 이 생각은 맞아 죽을지도 모른다는 공포로부터 조금은 나를 안전하게 하는 방법이었다. 대학에서 대학원으로, 그렇게 나는 '나'로부터 한 걸음 더 도망쳤다.

취업할 자신도, 세상에 나갈 자신도 없어 불안을 회피하고자 도망간 대학원이라는 곳. 아빠가 원하는 공부를 계속한다는 합리화 수단이었으나, 그곳에서 조금은 안전해졌다는 느낌이 들어서인지 공부에 재미를 붙일 수 있었다. 한일비교문학을 연구하는 것이 재미있다며 스스로를 세뇌시키면서 공부했다. 세뇌는 꽤나 잘 먹혔다. 공부가 재미있다는 세뇌가 통할 만큼의 여유가 생겼다. 그런 대학원에서 교수님들 시중은 기본이었다. 그런데 이것도 좋았다. 아빠는 교수님들 식사 대접하라고 돈도 주시고, 명절이나 스승의 날이면 선물도 사주셨다. 내가 교수님들 식사 대접을 하고 난 뒤의 이야기를 전해주면, '교수님들과 함께'라는 말만 들어도 석가모니처럼 염화미소를 지었다. 태어나서 처음 보는 얼굴이었다. 아빠의 기쁨은 어디에서 온 걸까? 딸에 대한 사랑에서? 그보다도 딸이 자신의 학벌 콤플렉스를 해소할 수 있으리라는 안도감이었을 것이다. 딸을 통해 자기 욕구를 채워가는 충족감 같은 것. 다행이었다.

"대학원에서 석사, 박사를 마치면 주은이는 교수가 될 수 있어요."

학부 교수님은 나와 아빠에게 허황된 꿈을 심어주었다. 아빠는 하회탈 같은 미소를 지으며 기뻐했다. 기쁨에 도취된 나머지 석사과정 중인 나를 주변에 큰소리로 자랑하셨다.

"주은이 교수할 거야. 무슨 수를 써서라도 주은이 교수 만들 거야. 지도교수님이 할 수 있다고 했어."

아빠가 나를 자랑하다니. 그럴 리가. 눈이 휘둥그레졌다. 한동안 공중에 붕 뜬 기분이었다. 아빠가 천하를 얻는 것처럼 기뻐하는데 꼭 교수가 되어야 했다. 교수를 표상하는 이미지를 연상해보았다. 자신만의 연구실, '교수님, 교수님' 하며 찾아오는 학생들, 지적인 교수만 되면 나를 옥죄던 공포와 불안은 한순간에 마법처럼 사라질 것 같았다. 하지만 대학원 진학 후에도 부모님의 싸움은 여전했다. 아빠는 알코올성 우울증 증상을 보였다. 무쇠 팔, 무쇠 다리를 지닌 자처럼 더 자주, 강하게 폭력을 행사했다. 급기야 커다란 돌을 들고 죽으라며 내 머리를 찧어 죽이려고도 했다. 지속적인 공포에 나는 오로지 그로부터 도망가야겠다는 생각뿐이었다. 공포라는 불안을 피해 도망가듯 결혼을 했다. 하지도 않은 임신을 했다고 거짓말을 하며 결혼으로 도망쳤다. '나'로부터 또다시 한 걸음 더 도망쳤다.

2002년 월드컵, 전국이 환호로 출렁이던 날이었다.
"주은아, 아빠 지금 주유소인데, 지갑을 안 가지고 왔어. 일단 휴대폰을 맡기고 집에 왔어. 내가 좀 이상해."
아빠의 전화에 다급하게 엄마와 내과로 달려갔다. 아빠는 간암 4기, 앞으로 한 달 남았다는 시한부 선고를 받았다. 아버지는 병원을 나오자마자 몸이 와르르 무너지는 것처럼 그 자리에 풀썩 주저앉았다. 그러곤 한 달 만에 생을 마감했다.

무서운 괴물은 죽었다. 나는 울었지만 슬프지는 않았다. 마음 한구석이 아릴 법한데 그러지도 않았다. 오히려 안도감이 몰려왔다. 그를 진심으로 애도하는 이는 없었다. 사람이 죽었으니까, 그저 울어야 한다는 의무감 가득한 곡소리만이 장례식장에 낮게 울리다 그쳤다.

아버지를 경기도 여주에 모셨다. 여주라는 지역 이름을 들을 때마다 무언가가 가슴을 송곳으로 찌르는 듯했다. 원통해서, 분하고 억울해서 오는 통증이었다. 해원하지 못한 아픔, 그를 만나러 가야 했다. 그를 만나러 몇 시간 동안 차를 몰아 굽이굽이 산길로 들어갔다. 담배 한 갑, 폭력의 기폭제였던 술 한 병을 사 들고 선산의 아빠 무덤을 찾아갔다. 담배를 무덤가에 향처럼 꽂고 술 한 잔을 따라놓았다. 무덤을 한참 바라보다 두들겨 패기 시작했다.

"왜 그렇게 나를 때렸어? 내가 뭘 그렇게 잘못했어? 나만큼 착하고 순한 딸이 이 세상에 어디 있다고. 공부 못한 게 그렇게 맞아야 할 일이었어? 당신 닮아 공부 못한 게 그렇게 맞을 일이었냐고? 이건 내 잘못이 아니잖아? 그리고 그렇게 못하지도 않았어. 아빠 콤플렉스잖아. 아빠 기대에 못 미쳤다고 맞을 일은 아니었잖아. 내가 잘못한 게 아니잖아."

있는 힘껏 주먹으로 산소를 때리고 발로 찼다. 손과 발이 아파 더는 할 수 없을 때까지 무덤을 가격했다. 심장이 터질 듯한 분노가 솟구치자 소리를 지르며 울부짖었다.

《신과 나눈 이야기》라는 책에 '모든 공격은 도와달라는 SOS 다.'라는 구절이 있다. 어린 시절 두려움에서 벗어나려 몸부림이라도 쳤다면, 내 공포 너머로 아빠를 바라볼 수 있지 않았을까? 공격하는 아빠가 아니라, 누군가를 공격할 만큼 아픈 아빠로. 내가 먼저 풀어야 했다. 몇 년이 흐른 뒤 다시 여주로 갔다. 푸른 잔디를 쓰다듬다가 산소를 안았다.

"아빠, 만일 내가 이걸 알았다면, 아빠의 아픔이 보였을 텐데. 도와달라는 몸부림이라는 걸 알았다면 그렇게 무섭진 않았을 텐데. 불쌍한 우리 아빠."

말없이 무덤 앞에 앉아 오후를 보냈다. 무덤 먼발치로 노을이 지고 그와 나의 잔인한 서사도 저물어갔다.

한 걸음
더 도망

대학원에서는 유학을 안 가면 도태되는 분위기였다. 연구를 위한 유학이 아니라 '유학'이라는 명분을 위한 유학. 한마디로 알맹이는 없고 껍데기만 있는 격이었다. 물살에 뗏목 떠밀리듯 시류에 떠밀려 유학을 결심했다. 그렇지 않으면 시간강사를 못한다는 두려움 때문이었다. 유학파가 아니면 실력이 없다는 막연한 자기 불신으로 뒤범벅이 되어 '나'로부터 또 한 걸음 도망쳤다.

단계별 마땅히 있어야만 했던 질문, '이 길이 맞나? 내가 원하는 길인가?'라고 스스로에게 물어보았어야 할 시간들, 내 삶 전체를 회의해보았어야 할 시간들, 내 삶과 직면했어야 하는 시간들은 불안이라는 어둠에 쫓겨 더 큰 불안의 어두운 터널로 들어가버렸다.

어두운 터널 속에서는 무엇이든 절실했다. 더 큰 불안을 선택하는 줄도 모르고 무릇 내 모든 선택이 능동의 선택인 양, 내가 원하는 것인 양, 나는 여전히 매사에 급급했다. 급급함은 나에겐 절실함이었다. 급급함은 나 자신을 구원하고 싶은 아우성이었다. 하지만 아우성에도 들려오는 메아리는 없었다. 그럼에도 절실하게 무언가에 매달려야 했다. 살고 싶었다. 어떻게든 살아내고 싶었다.

한국에서 취득한 석사, 박사학위를 인정받아 아동문학과 박사과정으로 진학했다. 일본의 대학원에 진학하려 관련 서류를 제출할 때, '아이가 둘 있다. 아이들을 데리고 유학 가야 한다.'는 점을 자기소개서에 넣었다. 큰아이 만 5세, 작은아이가 만 2세였다. 아이는 엄마가 키워야 한다는 맹목적인 신념으로 아이 둘을 데리고 유학하려 한다니 얼토당토않다며 받아주지 않는 대학도 있었다. 그래도 포기하지 않았다. 무식하면 용감하다고, 사는 대로 생각하는 와중에도 불도저 같은 근성은 있었나 보다. 두 녀석 덕분에 죽지 않을 수 있었으니까. 나의 생명줄인 두 아이를 지키는 게 나를 지키는 일이었다.

총장님 면접을 볼 때, 꼭 아이 둘을 데리고 가야 한다고 설득했다. 학과가 아동문학과라 그런지 총장님은 "윤상은 엄마로서 자격이 있다. 우선 그래야 한다."라며 고개를 끄덕였다. 총장님의 입학 허락 덕분에 일본 국제 교류재단 유학생으로 선발되어 생활장학금까지 받게 되었다. 무식한 용기로 무장해 아이 둘을 데리고 무작정 비행기를 탔다.

일본에 도착하자마자 입국 수속, 대학원 수속, 유치원, 보육원 수속을 밟았다. 수속만으로도 넌더리가 났다. 한 사회에 잠시라도 편입하기 위해 거쳐야 하는 관문이 허들처럼 이어졌다. 앞좌석에서 뒤로 가야 하는 아주 작은 경차를 탔다.

어느 날 큰아이가 뒷좌석에 앉아서 나를 빤히 쳐다봤다.

"엄마! 화났어?"

"아니! 왜! 왜 화가 나? 몇 번이나 물어봐. 계속 물어보더라. 엄마 화 안 났다고 몇 번이나 말했어?"

"엄마 지금 화난 표정이어서. 나 뭐 잘못했는가 하고."

룸미러에 비친 큰아이가 울상을 지으며 새는 발음으로 겨우 대답했다. 비로소 내 얼굴을 보았다. 입으로는 화 안 났다고 하면서 얼굴은 붉으락푸르락 달아올라 찌그러진 몰골이었다.

아이들과 함께였지만 나는 아이들과 없었다. 낯선 땅에 툭 떨어져 아이들도 바짝 긴장했을 텐데, 엄마 품이 필요했을 텐데, 움츠러든 아이들을 보지 못했다.

"재호야, 엄마가 미안해. 이래저래 엄마가 긴장했나봐. 화난 건 아니야."

사과했지만 아이의 잔뜩 움츠린 표정은 풀리지 않았다.

아이 둘을 키워야 했고, 공부도 척척 해내야 했다. 지적 도전, 지성의 실현이라는 유학은 겉으론 근사했지만, 그 실상은 난장판이었다. 설거지 그릇이 쌓이고 집안에 먼지가 나뒹굴었다. 며칠 밤새도록 일해도 육아는 물론 몇 백 장 되는 연구 과제를 해치우기에는 역부족이었다. 공부, 연구에만 총력을 다해도 시원치 않을 판에 아이까지 키우면서 공부한다는 건, 연구하지 않겠다는 말과도 흡사했다. 일본에 가자고 할 때는 언제고, 이제는 일본으로부터 도망치고 싶었다. 언제 한국에 가나? 공부가 언제 끝나나? 발등 위에 떨어진 불만 간신히 끄면서, 불덩이 떨어지는 미로 속을 이리저리 뛰어다녔다.

죽으라는 법은
없는가 보다

외국인 교수를 위한 기숙사에서 1년을 지냈다. 한국에서 시간강사 했던 경력을 인정받아 가능했다. 그나저나 기숙사에서 곧 나가면 월세 내기가 만만치 않아 걱정이었다. 그때마다 '한국어 강사를 하면 좋은데.' 하고 주문하듯 중얼거렸다. 돌이켜 보니, 불안하기는 해도 불안이 나를 삼키지는 못한 시기였다. 희미한 빛이 스미는 어둠과 칠흑 같은 어둠은 전혀 다른 것이었다.

2003년은 일본에서 〈겨울 연가〉의 욘사마 붐이 막 일어날 때였다. 큰아이 유치원에서 바자회가 열렸고, 카레우동을 먹으며 앞에 앉은 할머니와 담소를 나누었다. 날씨나 살림살이 같은 시시콜콜한 대화가 오갔다. 그때 큰아이가 뛰놀다가 "엄마!" 하고 불렀고, 나는 "왜 재호야? 엄마 여기 있어. 말해." 하고 먼발치서 서로가 한국어로 외쳤다.

"칸고쿠찐데스까(한국인입니까)?"

할머니가 눈을 동그랗게 뜨며 물으셨다. 그녀는 일본 오사카에서 한국어 강의를 도맡아 하고 있는 재일교포였다. 세상에나, 하늘이 도우시는구나. 하필 내 앞자리에 앉은 분이 오사카에서 한국어 강사를 수십 년 하셨다니. 어둠 속에서 한 줄기 빛이 나에게 당도한 듯했다. 이제 후임에게 강의 자리를 주어야 하는데 적임자를 찾았다며 반가워했다.

"세상에, 아이 데리고 유학 온 사람이 어디 있나." 하시며 내 근성도 높이 사주셨다. 그 뒤로 깍두기며 김치며 밑반찬을 살뜰히 챙겨주셨다. 그런데 강사 후임 얘기는 쏙 들어가 속이 다 급했다. 한 달, 두 달, 입 안이 바싹바싹 타들어갔다.

하루는 용기를 내어 말씀드렸다.

"선생님, 저번에 말씀하신 한국어 강사 자리요. 이제 곧 기숙사도 나가야 하고 집도 구해야 하는데…."

무슨 보따리를 맡겨놓은 사이도 아닌데 요구하기가 부끄러웠다. 그러나 월세를 마련해야 하니 입을 겨우 뗐다.

"아이고, 재호 엄마. 내가 왜 재호 엄마를 생각하지 않겠어. 경력이나 일본어 하는 거 다 인정하지. 그런데 한국어 표준어를 가르쳐야 하는데 부산 사투리가 신경 쓰이네. 그게 걱정이어서 말을 못했던 거야."

이때다 싶어 빛의 속도로 달려들어 서울 사람 흉내를 냈다.

"어머 선생님! 제가 말씀 안 드렸던가요? 저 서울 사람이에요. 태어난 곳은 이대 앞 ○○산부인과예요. 초등학교 때 부산으로 이사 왔고요. 친근하게 보이려고 경상도 사투리 쓴 거예요. 저 보세요. 서울말 할 줄 알죠? 발음 괜찮죠?"

위기 상황에서 보호색을 띠는 카멜레온처럼 먹고사는 본능은 사람을 돌변하게 했다.

일주일에 두 번씩 한국어 강의를 맡았다. 가르치는 일은 적성에 맞았다. 표준어 공부 말고도 경상도 사투리, 한국 문화에 대해서도 나누었고 반응이 불처럼 일었다. 나는 급기야 욘사마처럼 윤센세이사마라고 불렸다. 한국어 강의로 숨은 쉬어졌다. 아직 막막한 어둠의 터널에 있긴 하지만 숨이 쉬어지니 순간의 기쁨을 붙잡고 나아갔다.

그런데 강사 일에 안주하려는 건 어찌 보면 회피하려는 방어기제였다. 나는 유학생이었고 연구를 해야 했다. 생계유지도 해야 했지만, 어려운 공부로부터 도망치려고 한국어 강사로 일한 것도 사실이었다. 언제나 두려움을 극복하기 위해 선택한 건 회피였다. 늘 애쓰는 삶이었지만, 애씀은 두려움 속에서 치는 발버둥이었고, 나는 유학생으로서 내 본분에 집중하지 못했다.

박사학위를 목표로 했지만, 아이 둘에 강사 일까지 병행하면서 학위를 받는 것은 도저히 불가능했다. 애초에 포부와 희망으로 결정한 유학은 아니었다. 그저 불안을 견디기 위한 방편일 뿐. 결국 박사과정 수료에 만족하기로 하고 다시 도망가기로 선택했다. '나'로부터 한 걸음 더 멀어졌다.

칠흑 같은
어둠

한국에 귀국하자 벼락같은 소식을 맞았다. 아버지가 돌아가시고 유산 상속을 처리해야 했는데, 유학 갈 때 내가 써준 위임장으로 엄마는 내 몫까지 전부 사기를 당한 것이다. 건물이 경매에 넘어가고, 남편 사업은 바닥을 치며 휘청거렸다.

엄마는 통화할 때마다 유학 간 내가 공부는 못하고 전전긍긍할까봐 그저 잘 지낸다고만 했다. 쑥대밭이 된 두 가정 속에서 갈등은 골짜기처럼 깊어갔다. 엄마는 자신의 실수를 사위에게 투사하며 재산이 날아갈 때까지 무엇을 했냐며 윽박질렀다. 그러면 남편은 억울함을 홍수처럼 쏟아냈다. 본인 사업도 쓰러지는 마당에 엄마 일을 많이 도와주었는데 매번 자신을 손가락질하는 장모에게 분개했다.

남아 있는 엄마 건물을 지키기 위해 우리 집을 다 정리하고 엄마 집으로 들어갔다. 이중 삼중 쌓이는 갈등. 큰 바위 아래 깔린 듯 고통스러웠다. 마음고생, 경제적인 추락. 이문열의《추락하는 것은 날개가 있다》라는 소설이 있다. 제목이 나에게 딱 맞는 말이었다. 추락하고 싶지 않아 발버둥의 날갯짓을 하지만 더 추락해버리는 날갯짓의 고통들. 바닥이 여기이겠지 하면 또 추락하는 날갯짓의 아우성들. 추락하는 것은 날개가 있었다. 추락하고 싶지 않아 날갯짓을 해야만 하는 날개가 있었다. 밑바닥이 여기구나 싶으면 더 깊은 바닥으로 떨어졌다.

빚 청산과 먹고사는 문제가 내 눈앞에 지옥으로 펼쳐졌다. 시간강사, 번역, 통역, 닥치는 대로 일했다. 부산에서 전남대까지 강의만 주어진다면 어디든 뛰어갔고 지도 교수님께 구걸하다시피 강의를 부탁했다. 그렇게 하루하루를 버텼지만 만 2년 만에 건물은 경매로 넘어가버렸다. 엄마는 엄마대로 사는 공간을 마련했고 우리는 우리대로 사는 공간을 마련해야 했다.

애들 아빠 지인이 500만 원 보증금에 50만 원짜리 월세 집에 사는데, 방이 3개라 같이 살게 되었다. 방이 3개라고 해보

앉자 여느 아파트의 방 한 칸만도 못했다. 볕이 들지 않는 골목 저 안쪽에 처박힌 집. 2009년에 25만 원 월세를 보태며 이상한 동거가 시작되었다. 꼭 필요한 것만 챙겨 들어왔고, 겨우 몸 누울 자리 정도면 다행이라며 살았다. 아이들과 나는 한 방, 애들 아빠는 딱 자기 몸만 누울 수 있는 한 방. 식구 4명이 한 방에 잘 수 없는 집이었다.

　매일 강력한 죽음이 나를 아래로 끌어당기는 듯했다. 죽지 못해 사는 심정이 무엇인지를 알았다. 무엇보다 두려운 것은 아침에 눈을 뜨는 것이었다. 밤새 죽지 않고 눈을 떠야만 하는 아침이 가장 무서웠다. 칠흑 같은 어둠에서 눈을 떠야 하는 공포는 지하 12층에 파묻힌 느낌이었다. 다시 저 위로 올라갈 수 있을까? 죽음을 생각할 때마다 껌딱지처럼 붙어 다니는 아이들 덕분에 견딜 수 있었다. 견디는 것에 사력을 다했다. 아마 아이들이 없었다면 결코 견디지 못했을 것이다. 아이들은 나의 생명줄이었다. 거의 매일 술에 기대 살았다. 친구들을 만나 하소연하고 울어야 살 수 있는 하루였다.

조선비치호텔
밥값 14만 원

여전히 시간강사는 하고 있었고, 어떻게든 한 시간이라도 더 받으려고 교수님을 여왕처럼 모시던 대학원 시절의 몸에 밴 시중은 여전히 익숙했다. 내가 망해서 사는 게 힘들다고 해도 그들은 밥을 먹으면 조선비치호텔에서 뷔페를 먹어야 했다. 이전에 버릇을 잘못 들인 내 책임이었다.

몇 년 사이에 한국도 물가가 많이 올라, 식사를 한 번 하고 나니 2인이 먹었는데 세금 포함 14만 원을 결제해야 했다. 교수님 얼굴을 몇 번이나 쳐다보며 속으로 외쳤다. '교수님, 저 망한 거 아시잖아요. 엄마집이 경매에 넘어가고 나 이상한 곳으로 이사가 이상한 동거를 하는 거 아시잖아요. 그런데 오늘

이 밥값을 제가 내야 하는 거예요?'

몇 번이나 물기 어린 눈빛으로 쳐다보았지만, 그녀는 아랑 곳하지 않고 당연히 내가 계산하기를 기다렸다. 어느 대학의 시간을 소개해주었으니 당연히 식사대접을 받아야 한다는 그 당당한 자세. 돈이 없다는 말 한마디 하지 못하고 바들바들 떨 리는 손으로 카드를 내밀었다.

"3개월 할부 부탁합니다."

집으로 돌아오는 길, 큰아이에게서 전화가 왔다.

"엄마, 삼겹살 먹고 싶어."

지갑에 단돈 만 원이 없었다. 먹고살려고 교수님에게는 14만 원 밥값을 내면서, 내 새끼에게는 단돈 만 원이 없어 삼겹살을 사주지 못했다. 피눈물이 흘렀다. 예전 어른들이 말하던 그 피 눈물이었다. 생명과도 같은 내 새끼들에게 만 원어치 삼겹살 을 사줄 돈이 없다는 사실. 가슴이 찢어졌다. 찢어지는 가슴을 안고 울음소리조차 나오지 않았다.

'대학에서 나가야겠다. 더 이상 대학에 있어서는 안 되겠다. 시간강사 짓을 그만해야겠다. 몇 시간이라도 더 받으려고 교 수들 비싼 밥 사주는 일, 그만 때려치워야겠다.' 그런데 대학을 떠나는 방법을 알 수 없었다.

훗날 이 교수님과 다시 연락이 되었을 때는, 대학을 나오고 몇 년이라는 세월이 흘러 독서치유로 상담심리센터를 운영할 시기였다.

"주은아, 잘했다. 그래 대학에 있어보았자 전임교수가 되겠나? 잘했다. 이렇게 상담센터하는 것 보니까 좋네. 너희 내담자들에게 무슨 책 읽히노? 나도 소개해줘봐. 책 읽히고 통찰하게 하는 독서치료 좋네. 한 권만 꼽으라면 어떤 책 추천할래?"

스캇 펙의 《거짓의 사람들》이라는 책에 이렇게 쓰여 있다.

악이란 '자신의 병적인 자아의 정체를 방어하고 보전하기 위해서 다른 사람의 정신적 성장을 파괴하는 데 힘을 행사하는 것'이라고 정의할 수 있다. 간단히 말해서 희생양을 찾는 것이다. 희생양을 찾되 강한 자가 아니라 약한 자를 찾는다. 그리고 힘을 행사할 영역, 즉 피해자가 있어야 한다.

이 부분이 와 닿길 바라며 나는 선뜻 이 책을 권했다.

이 책을 처음 읽었을 때, 나는 집 밖을 나가지 못했다. 너무도 나의 이야기였고 대학 내 우리들 모습이었기에. 학생을 위한다는 명분으로 힘을 행사하는 그들의 집단 분위기. 그 시절 내가 속한 문화는 그러했다. 교수님들과 노래방을 가면 알아서 노래 번호를 눌러드려야 했고 술을 알아서 따라드려야 했으며, 블루스를 출 때면 자연스럽게 허리를 감는 걸 참아야 했다. 이것이 얼마나 부당한 일인 줄 그때는 몰랐다. 그저 밉보이면 안 된다는 생각뿐이었다. 그저 눈앞에 펼쳐진 몇 시간짜리 시간 강사가 중요했고 박사 학위 논문이 중요했다. 자기들끼리의 권력 싸움에 학생들이 내동댕이쳐지는 것엔 관심 없는 집단이었다.

그 후 미투 운동으로 내가 얼마나 무지한지를, 얼마나 부당한 것들에 대해 소리내보지 못했는지를, 덕분에 알게 되었다. 알게 된 것만으로도 감사하다. 지금 생각해보면 참 잔혹한 시절이었다. 국가가 국민을 때렸고, 가장은 자신의 가족들을 때렸다. 야단치는 것은 때리는 것이었고 협박이었다. 온 나라가 그러했다. 사람이 먼저라는 인본주의 스승의 상을 나는 본 적이 없었다. 사람이 귀하다는 부모의 상을 나는 본 적이 없었다. 그들도 본 적이 없었다. 대물림, 몸에 밴 대물림이었다.

가스라이팅이 문화였던 그 시절, 그것이 당연하다는 생각, 자신의 생각을 한 번만이라도 관찰해보았더라면, 한 번만이라도 자신의 생각을 회의해보았더라면, 잘못된 것이라는 사실을 알아차리지 않았을까?

그래서 미투 운동, 《며느라기》, 《채식주의자》, 《82년생 김지

영》등의 책으로 자신의 목소리를 내어준 사람들이 고맙다. 몰랐다고 하기에는 너무도 부끄럽지만, 이런 목소리들 덕분에 나의 생각을 회의하고, 의심하고, 관찰할 수 있었다.

이들 책을 읽고 세상 사람들에게 나의 날것, 민낯이 들켜버린 느낌이었고, 스캇 펙은 내 온몸과 마음 구석구석에 박혀 있는 악의 씨앗들을 찾게 해주었다. 《거짓의 사람들》은 내가 5천만 민족이 읽어야 하는 책이라고 웅변하는 책으로, 자신의 '자기중심성'을 낱낱이 보게 해주는 책이다. 독서치유 과정을 디자인할 때 필독서로 넣는 이유가 여기에 있다.

나 또한 그러했지만, 우리는 스스로를 피해자 입장에 놓고 상담을 하거나 심리치료를 하는 경우가 많다. 물론 진짜 피해를 입은 경우도 있다. 그러나 본인의 '자기중심성'에서 타인을 가해자로, 자신을 피해자로 만들고 있는 나도 있다. 분명 이런 나도 존재하였다. 부끄러움을 안다는 것은 얼마나 다행한 일인가?

이 책을 읽을 때 내가 여왕처럼 모시던 교수님들이 생각났고, 막연히 그들도 이런 책을 읽는다면 어떤 반응을 할까? 나처럼 부끄러워할까? 아니면 회피할까? 라는 궁금증을 가지고 있었다. 그런데 뜻하지 않게 여왕처럼 모시던 교수님과 연락이 되었고, 마침 책을 추천해달라고 하셨기에 두말 할 것도 없이 그 책을 선뜻 드렸다.

"교수님, 불편할 수 있는 책인데 한번 읽어보시면 좋겠습니다. 저는 이 책으로 자기중심성에 대한 고찰을 할 수 있었습니다. 부끄러워서 일주일 넘게 시장조차 가질 못했습니다. 그만큼 제 인생 책이라고 할 수 있습니다."

이 말과 함께 건네드렸는데, 지금까지 그 교수님으로부터의 연락은 없다.

지하 12층

　내 잘못으로 사기를 당한 것도 아니고, 내 잘못으로 사업이 망한 것도 아닌데, 내가 왜 깜깜한 암흑 안에 있어야 하는지 억울했다. 빛이 보이지도 않고 어떻게 빛으로 가야 하는지도 모른 채 사방이 암흑이었다. 하루의 시작과 마무리를 '악으로 깡으로'라고 외치며 살았다.

　그 와중에 엄마는 사기당한 사람들과 법정싸움을 벌이느라 나를 법원, 경찰서 등으로 끌고 다녔다. 엄마 일을 한번 봐주고 나면 내 가정은 너덜너덜한 걸레가 되는 느낌이었다. 엄마 마음대로 나를 휘두르고 내가 그녀의 뜻에 거슬리면 무엇이든 소리 지르고 악을 쓰셨다. 아버지 아래에서 악쓰는 것만 배우신 것 같다. 본인의 성질대로 안 되자 눌려 있던 화를 주체할 수 없었는지, 패악으로 소리 지르며 분노를 토해내었다.

　나를 낳아주고 길러주셨기에, 그녀의 고된 생을 알기에 엄마가 해댈 때마다 속은 상했지만, 그녀를 이해하는 마음은 언제나 나지막이 깔려 있었다. 그러나 내 남편은 그녀와의 역사가 없다. 아들이 아님에도 사회가 심어놓은 관념대로 그는 갑자기 우리집 아들이 되어 있었고, 그녀는 늘 딸을 도둑맞았다고 여겨 그에게 온갖 악담을 퍼부었다. 그러지 말라고, 박서방이 무슨 잘못이냐고 그녀와 싸우는 일은 매일이 다른 모습의 전쟁터였다.

　집에 오면 남편과의 갈등이 기다렸다. 이런 걸 생지옥이라고 했던가? 지옥 한복판, 아무도 없는 허허벌판에 갈가리 찢겨 덩그러니 오갈 곳 없어 웅크리고만 있을 뿐이었다. 이때만큼 갈 수 있는 친정이라도 있었으면? 아버지가 살아 계셨더라면? 그가 죽고 처음으로 아빠를 그리워했다. 그런데 문제는 이제는 더 이상 도망갈 곳이 없다는 것이었다. 도망갈 곳이 없는 두려움의 선택지는 죽음뿐이었다.

　엄마는 당신을 도와주지 않는다고, 자기 마음대로 되지 않는다며 내 남편을 도둑놈으로 치부하고 인간 이하 취급을 했으니, 이유 없이 당하는 남편의 심정은 오죽했을지. 나의 잘못이 아님에도 불구하고 나의 잘못이 되어버린 우리 부부관계. 나는 죄인이 되어 있었고 그는 장모로부터 받은 억울함과 분함을 나에게 쏟아냈다. 독이 묻은 비수의 말들이 내 가슴에 꽂혀 새카맣게 탄 재가 되어버렸다. 재가 된 마음자리에는 아무것도 없었다. 아무것도 없는 가슴이란 게 무엇인지를 사람들이 알까?

아무도 나를 도와줄 사람이 없고 나는 어디로 도망갈 곳도 없었다. 일가친척들까지 모두 원수로 만들어놓은 엄마 때문에 아이 둘을 데리고 비빌 언덕 하나가 없었다.

이혼이라는 회피도 답이 없었다. 단돈 500만 원은 있어야 원룸이라도 얻을 텐데, 수중에는 단 10만 원도 없었다.

친구들을 만날 때마다 밥값을 내지 못하는 자신이 얼마나 비참한지. 어느 날은 좌식 식당에서 나와 카운터에서 계산하는 친구를 바라보며 한참을 고개 숙여 신발 끈을 묶은 적이 있다. 다 묶인 신발 끈을 다시 풀고 또다시 묶고, 그렇게 한순간을 넘길 때의 비참함은 말로 표현하지 못한다. '밥값이라도 내는 형편이면 좋겠다.'는 자괴감, 참으로 다양한 감정들이 내 속을 스쳐갔다. 후에 밥값 계산할 정도의 형편이 되었을 때는 진짜 세상을 다 가진 듯한 기쁨이 솟았다. 그때 얼마나 행복하고 기쁜지 모르는 사람은 모른다. '나 이런 사람이야.'라며 속으로 자부심이 솟는다는 것을.

아마 이런 다양한 고통의 감정들 덕분에, 지금 사람을 섬긴다는 것이 무엇인지를 공부하는 인간이 되었는지도 모르겠다.

"왜 니 한 테 는
불 행 이 생 기 면 안 되 노?"

'이것 또한 지나가리라.'

이 말을 잡으며 견뎠다. 무슨 말이든 잡고 있어야 했다. 주기
도문을 외우듯, 하루를 이틀을 잔인한 시간 안에서 어떻게 나
와야 하는지를 모르는 채, 그냥저냥 생명의 끈은 이어지고 있
는 가운에 이 글귀라도 잡아야 견딜 수 있을 것 같았다.

법륜스님의 즉문즉설을 매일 검색해서 들었다. 지금은 법륜
스님 채널이 많이 생성되어 있지만, 그때만 해도 정토회 홈페
이지를 찾아 들어가야 들을 수 있었다. 지하 12층의 삶에서 나
와야겠는데 방법은 모르겠고, 그저 법륜스님 말씀을 듣다 보
면 마음이 조금은 가라앉곤 했다.

어느 날 나와 비슷한 사례의 질문자가 있었다. 친정이 보증을 잘못 서서 빚더미에 앉게 되어 괴롭다는 사연이었다. 이 즉문에 스님은 "왜 니한테는 불행이 일어나면 안 되노?"라고 하셨다. 그때 큰 1톤짜리 대형 해머로 머리를 두들겨 맞는 느낌이었다.

'맞네, 나는 왜 이 생각을 못했지? 왜 나는 나에게는 불행이 일어나면 안 된다고 생각했지? 누구는 부도나도 되고 누구는 교통사고로 다리를 다쳐도 되고 누구는 더한 사건과 사고를 겪어도 되는데, 왜 내겐 그런 일이 결코 일어나서는 안 된다고 생각했을까? 내가 뭐라고 나에게는 불행이 일어나면 안 된다고 찰떡같이 믿고 있었을까? 나도 그럴 수 있잖아. 나도 망할 수 있고, 나도 괴로울 수 있고, 나도 빚더미에 앉을 수 있고, 나도 경매에 쫓겨날 수 있고, 나도 불행을 겪을 수 있잖아.'

이와 같은 생각에 다다르자, 그동안 내 삶을 원망하며 지냈던 세월이 안타깝게 느껴졌다. 이제 생각부터 바꿔야겠다고 다짐했다. 그러자 세상 사람들은 다 행복한데 나만 오갈 데 없이 모든 슬픔과 고통을 견뎌야 하는 것인 양 살았던 자신을 되돌아볼 수 있었다.

"왜 니한테는 불행이 일어나면 안 되노?"라는 말씀을 들은 이후, 내 인생에서 처음으로 나에게 질문을 해보았다.

나의 첫 질문은 이랬다.

"주은아, 교수가 왜 그렇게 하고 싶니?"

'아이들 가르치는 게 행복해. 강단에서 아이들 가르치면서 아이들이 내 말에 따라 움직이는 걸 보는 것, 그리고 그들이 성장하는 모습을 보는 게 환희야.'

"그러면 교수가 되지 않아도 아이들은 가르칠 수 있잖아. 교수는 논문도 잘 써야 하고 강의도 잘해야 할 수 있잖아. 너 연구 논문 자신 있어?"

'아니, 논문이 잘 안 되네. 아무래도 나는 연구가는 못 되나 봐. 그런데 강의하는 건 재미있어.'

"근데 왜 교수가 되고 싶어?"

'어… 아빠가 공부하는 거 좋아하시니까, 그저 공부만 하고 있으면 되는 줄 알았지. 그리고 그저 대학원 다닌다는 허세였어, 유학도 허세의 맥락에서 저지른 일이었고, 나는 내가 없었던 것 같아. 보이기 위한 삶에 모든 시간을 바쳤던 것 같아. 나야말로 거짓의 사람이야.'

"교수 포기할 수 있겠어?"

'어, 포기할 수 있어. 막상 대학에서 오랜 세월 있어보니까, 나 같은 아이가 대학교수가 된다는 건 어불성설이야. 연구실

적이 좋은 것도 아니고 무슨 빽이 있는 것도 아니고. 겸임교수 정도까지는 할 수 있겠지만 전임은 꿈꿀 수도 없어. 그리고 지금 내 형편에 어떻게 교수님들과 사회적 관계를 이어갈 수 있겠어. 식사 대접해야 할 돈 있으면 우리 아이들 맛있는 거 사줘야지. 이제 그런 식으로는 못 살아, 아니 이제 그렇게 안 살래, 나 좀 비굴하게 안 살게 해줘. 제발 나 좀 이곳에서 나가게 해줘. 무엇보다 거짓으로 살지 않게 해줘.'

"그러면 어디를 가든 가르치기만 하면 행복하겠어?"

'어, 나 어디서든 가르치는 장소만 있다면 행복할 거야. 돈과 상관없어도 괜찮아. 난 가르치는 것 자체를 좋아해. 그게 좋아서 여태까지 이 힘든 삶을 견딜 수 있었어. 학생들이 변하는 모습, 성장하는 모습을 보는 게 너무도 좋아. 나 가르치는 것만 할 수 있다면 대학 그거 다 포기할 수 있어.'

"그래 어불성설인 대학교수의 꿈, 그건 내 꿈이 아니니 내려놓자, 포기하자. 우리 새로운 길을 찾아보자."

질문에 답을 찾기까지 꼬박 일주일이라는 시간이 걸렸다. 이것이 비로소 내 인생의 주체를 되찾는 첫 번째 질문이었다.

삶이 괴롭다며 울며불며 고통스럽게 보내던 시간이 앞으로의 삶을 고민하는 시간으로 바뀌었다. 물론 현실은 바뀐 것이 하나도 없었다. 여전히 시간강사를 하고 있었고, 일거리만 있다면 물불 안 가리고 다 했고, 그 와중에 엄마가 애들 아빠에게 함부로 대한 것이 마음의 죄가 되어 매주 시댁에 가서 혼자 살고 계시는 시아버님 봉양을 했다.

매주 금요일이면 애들 아빠와 아이들을 데리고 밀양 시댁에 갔는데, 시아버지 돌아가실 때까지 만 18년을 꼬박 다녔다. 그런데 그런 생활에서도 아이들 데리고 놀이동산 한 번 못 간다는 게 아이들에게 미안했다. 내가 어릴 때도 엄마, 아빠, 친척들이랑 해수욕장도 가고 놀이동산도 갔는데, 나는 내 아이들 데리고 놀러 가자는 말조차 꺼내질 못했다. 그저 옛 여인네들처럼 속앓이만 했다.

밀양 시골로 시집을 가서 그런지 어른들은 '어디 여자 목소리가 담장을 넘느냐? 화장실과 처가댁은 멀수록 좋다.'는 식의 말을 아무렇지 않게 하셨다. 내 생각이랄 것 없는 등신 같은 나는 훗날《며느라기》라는 책을 읽고서야 내가 잘못 살고 있다는 것을 알게 되었다.

그전까지 나는 여자 목소리가 담장을 넘으면 안 되는 줄 알았다. 애들 아빠가 저렇게 격노하는 것은 처갓집을 가까이해서 벌어진 것이라며 자신을 질책했다. 이것들이 가스라이팅인 줄 몰랐다. 물론 그들도 몰랐으니까 그랬겠지만, 바보 같은 인생이었다. 내 생각을 회의해보지 않고 내 인생을 주도적으로 살지 않은 대가는 혹독한 겨울바람 같은 삶이었다.

자기
주도적인 삶

삶을 대하는 태도를 바꾸어야 한다는 의지를 내는 중, 〈자기주도학습지도사 과정〉이라는 원데이 강좌를 들을 기회가 있었다. 큰아이가 초6을 향하는 2월의 겨울이었다. 아이들 학원 보낼 돈은 없고, 어떻게든 공부는 시키고 싶은 마음에 원데이 강의를 들어보았다. 이명박 정부 때 한창 자기주도학습이 붐이었다. 그런데 아이들에게 도움을 줄 수 있지 않을까 싶어 들어본 강의에서 뜻밖에 나의 시장을 보게 되었다. 태어나서 처음 본 강사 시장이었다.

그때 일반인들 대상으로 강의를 하는 강사가 있다는 것을 처음 알게 되었다. 비록 자기주도적이지 않았던 박사학위지만, 일반인들 대상으로 강의하기에는 스펙 조건이 되는 것이 약간의 자신감을 주었다. 바로 자격증 과정을 듣고 자격증을 따면 일반인들 대상의 강사 일을 할 수 있을 것 같았다. 희망이 보였다. 대학 외의 곳에서도 강의를 할 수 있다는 사실에 삶에 빛이 드는 느낌이었다.

그런데 자격증을 따는 데 들어가는 비용이 무려 200만 원이나 되었다. 이제 겨우 희망을 보았는데, 그 많은 금액이 내게 있을 리가 없었다. 남편에게는 입이 두 개라도 절대 말할 수 없었고, 친구들에게 빌려달라기에는 자존심이 상했다. 고민에 고민을 거듭하다 친하게 지내던 남편 친구네 가족에게 도움을 요청했다. 나와 동갑내기 와이프에게 사정을 이야기하고 카드로 200만 원을 빌리고 12개월 할부로 갚아가기로 했다.

자격증 과정은 200만 원이나 받을 일이 아니었다. 그때나 지금이나 이런 것으로 혹세무민하는 인간들이 있는 것이다. 아무튼 나는 자격증을 발급한 회사에 소속되어 1시간에 1만 9천 원짜리 강의를 했다. 방과후 수업을 회사가 영업하여 따내고 강사들을 파견하는 시스템이었다.

초2 아이들 상대의 방과후 수업인데, 어떻게 자기주도학습을 알려준단 말인지. 처음에는 아이스크림 사주며 재미있는 놀이나 하고 돌아왔다. 적어도 예습이나 복습을 할 수 있는 교과서 양이 어느 정도 나와야 하는데, 회사는 무조건 영업을 하여 강사를 파견했다. 하지만 삶의 태도를 바꾸면서 어느 곳이든 강의만 할 수 있다면 앞으로의 인생에서 아무것도 따지지 않고 하겠다고 큰 결심을 한 뒤였기에, 기꺼이 그 과정을 다 해내었다.

학교에서 아이들에게 '자기주도적인 학습'을 시켜서 좋은 성과를 내는 게 우선이었다. 내가 이 분야 권위자도 아니고, 내가 직접 고안한 프로그램도 아니었기에, 임상이 중요했다. 회사 프로그램에 나만의 학창시절 공부법을 더하여 업그레이드된 프로그램으로 임상을 내어 중학교, 고등학교를 열심히 찾았다.

누구나 이 공부 방법으로 공부를 하면 성적이 오른다는 결과가 중요했다. 아무리 말로 좋다고 한들 소용이 없다. 사회는 결과로 말을 해준다는 사실을 뼈에 새기며 학교들을 찾아다녔다. 만나는 사람들 모두에게 주위에 중학교, 고등학교 선생님이 있는지를 물었고, 어떻게든 그 학교와 인연을 맺어 〈자기주도학습법〉으로 성과를 내보겠다는 의지를 보였다. 열심히 성과를 낼 수 있는 학교를 찾았고, 여러 학교에서 좋은 성과가 나오자 자신감이 붙었다. 이 임상 결과로 일반인 대상 강의를 한다면 이것이 실력이 되겠다고 생각하니 부쩍 자신감이 생겼다.

마침 그때 부산에 있는 이주홍문학관 이사로 있게 되었다. 사는 게 어렵다고, 재단 이사장으로 부임한 교수님께서 일부러 나를 이사 자리에 앉혀주셨다. 여기서 인맥이라도 쌓아서 강의라도 하나 더 하라는 격려 차원이었다. 여왕 같은 교수님들만 모시다가 내가 먹고사는 걸 걱정해주는 교수님을 뵙게 되니 몸 둘 바를 몰라, 이사 일을 열심히 했다.

비빌 언덕이 필요했다. 조금이라도 비빌 언덕이 보이면 들이대보았다. 학생들에게 〈자기주도학습법〉으로 1학기에 최하 평균 15점 이상 올리는 결과에 자신감을 갖고 그간의 보고를 하러 이사장님을 만났다. ○○대학교 평생교육원에 〈자기주도학습 지도사 양성과정〉 프로그램을 넣고 싶다면서 소개를 부탁드렸다. 내 사정을 모두 말씀드리고, 이제 대학에서 강의하는 것을 포기하고 다른 길을 모색하려 한다는 사실을 고백했다.

"윤선생, 잘 생각했다. 대학 포기하는 것은 맞다. 해보았자 겸임까지밖에 더 하겠나? 학과 교수들 퇴임하려면 향후 15년

이상은 있어야 한다. 잘 생각했다. 다른 우물 파자. 내 바로 소개해주지, 암만, 소개해야지, 지독하게 고생한 것을 아는데. 이제 자신의 인생을 살아라."

이사장님은 그 자리에서 바로 전화를 거셨다. 마침 평생교육원 원장님이 절친이라고 하셨다.

"어이, 임마, 잘 있제? 내가 진짜 아끼는 제자 있다. 윤주은인데, 이 사람이 산 거 말로 다 못한다. 윤선생이 프로그램 서류 하나 가지고 갈 꺼다. 니는 묻지도 말고 바로 이 프로그램 평생교육원에 개설해줘야 한다. 알았제?"

이사장님은 본인 말씀만 하시고 전화를 툭 끊으셨다. 감사함으로 목이 메였다.

바로 다음 학기에 〈자기주도학습지도사 양성과정〉 강좌를 개설하여, 드디어 자기주도학습 강사의 첫걸음을 떼는 역사적인 시간을 맞이했다. 사람이 죽으라는 법은 없는가 보다. 살려고 발버둥을 치니까 살 수 있는 길이 보였다.

'자기주도'라는 단어를 접했을 때, 이건 나의 단어라는 확신이 들었다. 자기주도적인 삶이 무엇인지도 모르는 채 급급하게만 살아온, 회피하고 도망가기만 한 내 인생을 바로 세울 수 있는 단어. '자기주도', 이 말을 잡고 살아야겠다고 생각했다.

나 이제 이런 인생을 살겠다고 다짐하게 했던 내 인생 단어, '자기주도'. 이 단어가 너무 좋아서 한자 사전을 찾아가며 풀이하는 재미도 붙여보았다.

강의에 종종 '自己主導學習'이라는 한자를 쓰면서 풀이부터 한다. 한자로 쓰면 '스스로 자自, 몸 기己, 주인 주主, 이끌 도導'다. 자아가 아니고 자기라고 쓴 단어. 영어로 ego는 자아로, self는 자기로 번역하는데, 자기의 기己를 몸 기己라는 글자로 쓴다. 나의 부분, 자아들을 말하는 것이 아니라, 나라는 전체를 이야기하는 몸 기己라는 글자로 나를 만들고 싶었다.

나의 전체가 인식되는 듯했다. 자기自己가 주인主이 되는 것. 나라는 전체가 주인이 되는 것. '길 도道'가 아닌 '이끌 도導'로 '내가 주인이 되어 이끈다.'라는 통찰. '이끌 도導'를 파자해보면 '길 도道' 아래에 '촌寸'이 있다. 내가 길을 만들고 그 길을 걷고, 내가 만든 길에 사람들이 걷는, 그것도 한촌(군락)을 이끌면서 가는 자기주도적인 삶. 한자 풀이로 자의적 해석을 해보자 가슴이 뛰었다. 나는 이제 자기주도적인 삶을 살리라. 꿈을 정했다. 자기주도적인 삶으로.

일반 강사로 방향선회를 한 것이 2011년이다. 내 나이 41세 때였다. 사는 대로 생각했던 나의 인생을 생각하고 사는 것으로 바뀌는 데 걸린 시간이 무려 41년이었다.

잘하고 싶었고 좋은 평가를 받고 싶어 강의에 온갖 정성을 기울였다. 그때 강의를 들으신 분 중에는 학교 선생님들도 계셔서 그분들이 학부모 연수, 교원 연수 등에 불러주시고 또 그분들이 다른 곳에 소개시켜주시고, 그렇게 입소문으로 강사생활을 이어갈 수 있었다. 자신감 있게 강의를 했지만, 그러나 가정에서의 갈등은 계속 진행중이었다. 환경은 하나도 달라지지 않았다.

한창의 성수기를 보낸 대학 부설기관인 평생교육원 시장이 각 자치구의 평생학습관으로 넘어갔다. 같은 강좌를 자치구에서 무료로 들을 수 있으니 수강생들이 그쪽으로 넘어가면서 대학의 평생교육원 시장 규모는 줄어들기 시작했다. 이제 수강생을 모으는 것이 스트레스였다. 그러나 또 살아내어야 했다. 과거의 선택처럼 할 수는 없었다. 삶이 스트레스였지만, 이제는 더 이상 도망가는 인생을 선택할 수는 없다, 아니 해서는 안 된다.

나의 인생을 살아야 했다. 나를 알아야 했다. 그리고 이제는 안다. 내 인생에서 무엇이 잘못되었는지를. 마땅히 있어야 할 질문 자리에 질문이 빠져서 생긴 문제라는 것을 안다.

나에게 물었다. 나의 두 번째 질문.

"주은아, 이제 무엇을 할래?"

'나를 찾고 싶어. 내가 누구인지를 알고 싶어. 이렇게 닥치는 대로 사는 건 내가 아닌 것 같아. 나를 찾으러 가자.'

나를 바꾸는 것이
수행이다

나를 알아야겠다는 생각이 꼬리를 물어 다다른 곳은 '비구니가 되고 싶다.'였다. 나를 알고 싶었다. '나는 누구인가?'라는 질문에 대한 답을 내려면 속세를 떠나 절로 가야 한다는 막연한 답이 나왔다. 물론 이것도 온전한 답이 아니다. 속세를 떠나고 싶은 강한 충동, 책임져야 할 아이들. 과거 무엇에 밀려 사는 대로 생각하며 저질렀던 선택. 과거의 내 방식대로 살아서는 안 된다는 자각. 두 감정을 바라보고 쓰기 시작했다.

내 인생의 첫 질문을 품은 날부터 생기기 시작한 쓰기 질문. 또 물었다. 쓰면서 물어보았다. 과거의 습관대로 지금 현실의 불안에서 도피하고자 '속세를 떠나고 싶다.'고 하는 자신을 발견할 수 있었다. 불안하면 도망쳤지만, 도망간 그곳이 더 칠흑 같은 암흑이었던 과거의 나. 과거의 나와 이별하기로 하면서 더 이상 나를 회피 방어기제에 방치하지 않기로 했다. 의존의 삶을 책임의 삶으로 바꾸기로 했다.

두 충동 사이의 중간 지점. 이제 방법을 생각하게 되었다. 내 삶이 왜 이렇게 시궁창이냐고? 하늘을 원망하고 부모를 원망 하고 남편을 원망하던 나는 '어떻게 이 문제를 풀 것인가?'로 사고의 회로를 돌리기 시작했다.

'내가 누구인가?'에 대한 질문의 답을 찾고 싶지만, 그렇다 고 속세를 떠나는 것은 방법이 아니다. 아이들은 책임져야 한 다. 나는 이제 회피가 아닌 책임으로 내 인생을 선택하기로 했다. 질문을 적다 보니 이런 답이 나왔고, 구체적인 방법도 나왔다.

'내가 있는 곳을 수행터로 만들어야겠다'는 것이 방법이다. 사무실을 하나 얻으면 된다. 그곳을 센터 겸 수행터로 하면 되 겠다. 그간 가르쳐왔던 분들 중 독서치유에 관심 많은 분들이 몇 분 계셨다. 이분들을 중심으로 집단상담을 하면 월세는 내 가 책임질 수 있겠다는 자신이 있었지만, 사무실 보증금이 문 제였다.

이번에는 남편과 직면해보기로 했다. 예전처럼 남편 친구 아내에게 카드로 돈을 빌리고 할부로 갚는 구차한 짓은 하지 않기로 했다. 욕을 먹어도 내 남편에게 먹는 것이 낫다. 죽이기야 하겠는가? 비난받아도 내 남자에게 받는 것이 낫다는 마음으로 바뀌었다. 그간 남편이 싫었던 것은 두려움이라는 막연한 무엇 때문이었지 남편 자체가 싫었던 것은 아니다. 그 사실을 질문에 답을 써가면서 알아차렸다.

사무실 전세금을 부탁할 사람이 남편뿐이었는데, 남편에게 사정 이야기를 하는 것이 죽을 만큼 싫었다. '그렇게 강의하러 다니고 공부하러 다니면서 돈 1천만 원도 모으질 못했냐?'라는 비난을 들을까봐, 그 비난이 죽을 만큼 두려웠지만, 비난받더라도 직면해보자며 남편에게 사정 이야기를 했다.
"평생교육원 시장이 쇠퇴했으니 사무실을 하나 얻어 독서치유센터를 해야겠어. 기존에 듣던 수강생들이 있으니 집단상담부터 시작할 수 있을 것 같아."
군더더기 없이 담백하게 나의 사정만을 이야기했지만 그와의 직면이 너무도 무서웠다. 이 말을 하기 위해서 원고를 작성하고 외울 정도였다. 무엇이 그리 두려웠을까? 그는 나의 아버지였다. 아버지와의 미해결 과제를 이 남자와 해결하고 싶은 나의 결핍에 따른 욕구. 내 사정을 이야기하고 도움을 청하는 게 부부 사이에 무슨 대수라고 말하는 데까지 벌벌 떨며 울고 쓰고 지우고를 반복했다. 그와의 직면을 내 아버지와의 직면으로 느꼈던 것이다. 남편은 내 아버지가 아닌데 말이다.

나는 그의 행동 하나하나에 의미를 부여하고 내 아버지를 투사해서 그를 과잉 일반화하면서 살고 있었다. 이걸 알아차리는 데까지 또 얼마나 많은 시간이 걸렸는지. 그는 그일 뿐인데, 나에겐 공포와 무서움의 프레임이 너무도 강하게 작동해서 그를 있는 그대로 보지 못했다.

어느 인간이나 적당히 부족하고 적당히 악하고 적당히 선하기 마련인데, 나는 아버지에 대한 공포와 분노를 그에게 투사하며 살았다. 그러다 보니 아버지와 사는 무서움과 공포라니. 결혼 생활이 공포 그 자체였다. 밖에서는 자신감 있는 척했으나, 속은 늘 공포심에 벌벌 떠는 여전한 지옥생활을 하고 있었다.

그런데 남편은 선뜻 사무실 보증금을 해결해주었다. 나는 왜 벌벌 떤 것일까? 내가 만든 망상이 문제였을 뿐. 그는 나에게 무엇이었을까? 나의 결핍과 무서움이 만든 망상은 현실이 되어 그와의 관계를 서운하게 만들어버렸다. 그는 나의 아버지가 아닌데 말이다. 그는 내 남편이었다.

그는 담백하게 보증금을 통장에 넣어주었다. 월세는 내가
책임지기로 하면서 독서치유로 상담센터를 열게 되었다. 그리
고 이곳에서 '나를 찾아야겠다.'는 결심을 했다.

나를 찾다

강의는 어디를 가든 좀 잘했는지, 여러 군데 팬 층들이 좀 있었다. 이분들에게 독서치유를 집단으로 한다고 하니 여러분들이 집단상담하러 오셨고, 다시 소개로 이어져 개인 상담, 부부 상담, 학습컨설팅, 강의 등이 점점 늘어나고 있었음에도 여전히 불안은 나의 동반자였다. 그냥 평생을 동반자로 섬기며 살아야겠다고 자포자기도 했다. 하지만 기필코 이 불안의 실체를 알아야 했다. 막연하게 올라오는 불안은 순식간에 나를 삼켰다. 불안이 나를 삼키는 그 순간은, 나를 관찰하며 바라보기가 힘들었다. 내 마음이 어찌 생겨먹었길래 이렇게 벌렁거리는지? 그것이 아무리 나의 과거 양육과정, 트라우마에서 기인한다 하더라도 어찌하여 이렇게 끈질긴 것인지? 기필코 요 괴상한 마음의 정체를 낱낱이 알아야겠다. 더 나아가 극복하고 싶었다. 평정심이라는 것이 과연 가능한지? 진짜 마음이 뭔지? 진짜 나는 누군지? 내 생을 마감하는 그날까지 이것을 찾고 죽으리라 다짐했다.

생의 우선순위를 '내 마음 찾기'로 두었다. 이것에 목숨을 걸기로 했다. 속세를 떠나 공부하고 싶었지만, 그러면 속세에 다시 왔을 때 또 일상에서 부딪혀 힘들 수도 있을 것 같았다. '일상에서 수행자'의 길을 걷기로 했다. 나를 간절하고 절실하게 찾고 싶었다. 그렇게 2016년부터 나를 찾기 위한 수련을 매일 지속한 결과, 드디어 2022년에 '나'를 만났다. 지극히 편안하고 궁극의 안도감을 주는 마음자리. 이 자리가 진짜 '나'의 마음자리, '나'의 집이었다. 나는 '나'를 찾았다. 하지만 그곳에는 '나'가 없었다. 안도만이 있었다. '나'가 없다는 것은 깊고 편안한 안도감이었다. 이곳이 나의 집, 나의 마음자리였다.
"나는 내가 되었다."
이제 되었다.

생각이 만들어낸 나의 고통들. 타인들에게 나의 어린 시절

미해결과제를 투사하고 그들을 있는 그대로 보지 못하며 내가 만든 생각의 늪에 빠져 고통스러워했던 나날들.

이제 내가 내 생각을 만드는 주인임을 깨달았다. 고통은 내가 생각으로 만든 망상 때문이었음을 깨우쳤다. 나는 '내가 되는 것'이 꿈이었는데 이제 내가 되었다. '내가 되는 꿈'을 이루었다. '내가 되면' 불안은 사라진다는 것을 깨닫자 눈앞이 명확해졌다.

이제 나처럼 불안으로부터 도망쳐 더 큰 두려움으로 빠져버린 사람들, 망상의 생각으로 고통을 겪는 사람들을 위해, '내가 되고자' 하는 분들을 위한 무엇인가를 해야겠다.

'나는 누구인가?'에서 질문을 바꾼다. '나는 어디로 가야 하는가?'로. 직접 대면으로 나의 수업을 들을 수 없으니, 책으로라도 전달하는 메시지를 읽을 수 있으면 좋겠다는 의견들이 있었다. 하지만 두려웠다. 세상에 나간다는 것이, 세상에 내 이름을 밝힌다는 것이 무서웠다. 세상 사람들이 내 책을 보고 평가할까봐, 인정하지 않을까봐, 욕먹을까봐, 온갖 '○○(할)까봐'에 시달렸다. 벌어지지 않은 막연한 미래의 생각에 갇혀 내가 선택하는 것은 그저 주저함이었다. 포기하지도 못하고 도전하지도 못하는 어정쩡한 상태. '○○(할)까봐'는 그저 '나를 가능성에만 두고 싶어 일으키는 망상일지도 모른다.'는 생각

을 알아차렸지만, 알아차림은 알아차림일 뿐. 선뜻 용기라는
것이 나지 않았다.

'나는 누구인가?'라는 질문에 답을 내자, 용기랄 것도 없는
자리가 드러났다. 용기란 두려움 안에서 쓰는 말이라는 것을
알게 되었다. 최우선순위로 두며 정진했던 '나를 찾는 길'의 선
택은 옳았다. 자기주도적인 삶으로 태도를 바꾸며 달라진 것
은 나에게 질문하는 일이다. 질문의 힘으로 여기까지 왔다. 이
제 내가 되었으니, '나는 어디로 가야 하고 무엇을 해야 하는
가?'로 질문을 바꾼다.

나처럼 망상불안에 시달리며 한 걸음도 나아가질 못하는 사
람을 돕고 싶다. 자신이 만든 생각 속에 갇혀 고통스럽다는 사
람들을 돕고 싶다. 나의 결핍을 극복하였기에, 그만큼 사람을
도울 수 있을 것 같다. 원래 잘하는 사람보다 못했는데 잘하게
된 사람이 더 잘 가르치는 법이다. 내가 그러하다. 망상으로 누
구보다 불안해하던 인간이 불안을 알아차리며 극복했기에, 누
구보다 불안만큼은 잘 알려줄 수 있을 것 같다. 그만큼 아파보
았기에, 그만큼 고통스러웠기에 나 같은 사람들을 누구보다
잘 도울 수 있을 것 같다. 그리고 무엇보다 불안을 야기시키는

문화를 바꾸고 싶다. 우리 아이들에게 불안(까봐)이 없는 세상을 물려주고 싶다. 이런 희망을 품으며 무엇을 할 것인가?라는 질문의 대답은 책을 내는 것으로 하기로 했다. 글을 쓰면서 퇴색해버린 과거를 소환하는 일은 꽤나 힘든 작업이었다. 읽는 분들이 너무 힘들어하지 않을까 하는 염려가 가장 크다. 나라는 인간이야 취약하고 힘든 서사를 소중하게 지켜주고 싶다지만, 무거운 이야기를 가슴으로 받을 때 감당하기 힘듦도 알기 때문이다.

이제 책의 주제를 환기시키고자 한다. 이렇게 무거운 사연을 가진 사람이, 결국은 극복하여 지금 '○○(할)까봐'가 없는 세상을 위하여 어떻게 하고 있는지에 대한 이야기를 써보려 한다. 책 출간을 기다린다는 여러 수강생분들 응원의 말씀에 힘입어 〈까봐카드〉에 대한 이야기, 불안치유에 관한 이야기 등을 해보려 한다.

나는 나
_____

당신은 당신
_____

나는 당신의 기대에 부응하기 위하여 이 땅에 태어나지 않았고
_____

당신은 나의 기대에 부응하기 위하여 이 땅에 태어나지 않았다.
_____

우리가 서로 이해하면 아름다운 일
_____

그렇지 못하면 어쩔 수 없는 일
_____

당신은 당신
_____

나는 나
_____

_ 게슈탈트의 기도문
_____

2장

내 안의 불안 알아차리기

'까봐 카드'가 뭐야?

2016년 어느 날이었다. 지인으로부터 소개를 받았다고 하면서 다급한 목소리로 지금이라도 당장 상담을 받고 싶다는 연락이 왔다. 급하게 달려온 수안씨의 주 호소는 자녀에 대한 불안이었다. '자녀가 성적이 떨어져 대학엘 못 갈까봐'부터 시작하여 장황하게 자신의 불안에 대해 여러 가지를 이야기했다.

우선 수안씨에게 알아차림에 대해 알려주었다. 자신의 생각을 알아차리는 훈련을 약 2주간 진행한 후, 3주차에 일주일 동안 본인이 어떤 생각을 하는지를 알아차려 종이에 적어오게 했다. 불안이라는 감정이 일어났을 때 직전에 했던 생각이 있으니, 그 생각을 알아차려 적어오게 하는 숙제였다. 불안이라는 감정을 일으키는 생각 중에 '실수할까봐, 아플까봐' 등이 있다는 이야기를 나누고, 자신의 생각을 관찰하여 '○○(할)까봐' 종이에 써오게 하는 숙제를 내어드렸다.

수안씨와의 다음 상담 시간이 기대되었다. 과연 몇 개나 찾아오실까? 과연 자신의 생각을 잘 관찰하여 적어오실 수 있을까? 설레는 마음으로 그녀를 기다렸다. 그녀 손에서 조심스럽게 내미는 세로로 반 접은 A4용지. 그 안에는 무려 97개의 '○○(할)까봐'가 적혀 있었다. 우선 그 숫자에 한 번 깜짝 놀랐으나, 자세히 들여다보니 그 '까봐'는 우리 모두가 가지고 있는 흔한 것들이었다. 잠시 왔다가 사라지는 '까봐'도 있고, 고질적으로 계속 괴롭히는 '까봐'도 있었다. '큰아이 국어 못해서 수능 망칠까봐, 남편 아파 실직할까봐, 내가 아파 아이들 곁을 먼저 떠날까봐, 내가 아플까봐, 큰아이가 아플까봐, 작은아이가 아플까봐' 등등.

본인이 더 놀라 하셨다. 이렇게 본인 머리에 온통 '까봐'가 가득할 것이라고는 상상도 하지 못했다고 하셨다. 매일 그것도 거의 매 순간, 벌어지지 않은 망상의 소설을 쓰고 있는지 몰랐다고 하셨다. 본인 생각이 이렇게 불안투성이인 줄 비로소 처음 알았다면서 생각 알아차림이 얼마나 중요한지를 깨우치게 되었다고 했다.

수안씨와 불안에 대한 상담을 하던 비슷한 시기에, 역시 불안증에 시달리던 명안씨도 다급하게 찾아오셨다. 명안씨에게도 자신의 생각 중 불안이라는 감정을 일으키는 생각을 알아차려 종이에 써오라는 숙제를 내어드렸다. 그런데 명안씨는 자신의 생각을 관찰하는 것이 어려워서 숙제를 못하겠다고 하셨다. 앞서 상담했던 수안씨 동의를 받고 수안씨 숙제를 명안씨에게 보여드리며, 본인에게 해당하는 항목에 동그라미를 쳐보게 했다. 빼곡히 쓰인 글자들 때문인지 명안씨는 약간 시큰둥하게 고개를 갸우뚱거리며, 겨우 몇 개에만 동그라미를 칠 뿐이었다. 불안을 호소하면서 '○○(할)까봐'가 없다는 것이 말이 안 된다면서 더 들여다보시라고 했지만, 명안씨는 잘 집중하지 못했다.

명안씨와의 상담은 좀처럼 진도가 나가지 않으며 애를 먹고 있었다. 어떻게 하면 불안을 알아차리게 도울 수 있을까? 어떻게 하면 '까봐' 생각을 관찰하게 할 수 있을지를 몇 날 며칠 고민했다.

'빼곡한 글자들 때문일 수도 있겠다.'는 생각이 미치면서, 종이 안의 항목들을 하나씩 손바닥만 한 크기의 마분지에 썼다. 하나씩 써보니, 카드 형식으로 보였다. 97개의 손바닥만 한 크기로 만든 〈까봐카드〉를 테이블 위에 깔아놓고 명안씨를 기다렸다. 명안씨에게 "여기 카드를 보고 본인이 이런 생각을 했던 적이 있거나, 지금 생각하고 있는 것이 있다면 골라보세요."라고 했더니, 명안씨는 게임하듯이 〈까봐카드〉를 고르기 시작했다. 늘 소극적으로 모르겠다가 일상이던 그는 그날 게임하듯이 신나게 자신이 고른 '까봐'에 대해 미주알고주알 이야기하기 시작했다. 그동안 겨우 '네, 아니오.'로만 일관하던 스타일이었는데, 이날만큼은 스스로 상담자가 되고 내담자가 되어 스스로가 답을 내렸다.

'실수할까봐'를 고르더니, 스스로가 "실수 좀 하면 어때요? 실수할 수 있지요? 선생님, 저 실수해도 이만큼 온 걸요. 저 실수할 수 있어요. 그쵸?"라고 말했다.

'욕먹을까봐'를 고르더니, 스스로가 "욕 좀 먹으면 어때요? 욕먹을 수 있지요? 어떻게 세상 사람들이 모두 나를 좋아하겠어요. 나를 싫어하는 사람들도 있어요. 당연해요."라고 했다. 이날의 상담은 내가 상담을 하는 사람이라는 것에, 이들의 치유과정에 동반자로 함께한다는 것에 신나는 날이었다.

명안씨는 이날부터 언제 소극적이었냐는 듯이 적극적인 모습으로 변했고 자신의 생각을 빨리 알아차렸다. 더 나아가 스스로가 뭐든지 도전해보아야겠다면서, 여태까지 쓸데없는 불안 속에 살았다는 것을 깨우치셨다. 무엇보다 지금-여기에 있는 힘이 강해졌다.

나야말로 명안씨 덕분에 신이 났다. '이제 내담자들의 불안
은 이 손바닥만 한 마분지의 〈까봐카드〉가 다 도와주겠구나.'
라는 희망이 보였다. 명안씨 이후 〈까봐카드〉 97장은 '막연한
두려움을 알아차리는 도구', '불안 심리치유 카드'로 늘 사용했
다. 내담자들은 〈까봐카드〉를 게임 놀이하듯이, 그러나 진지하
게 자신의 두려움을 자연스럽게 이야기하는 도구로 활용했다.

일면식도 없는 사람들에게도 사용해보았다. 〈까봐카드〉를
테이블 위에 펼치면 너도나도 저마다의 불안과 두려움을 자연
스럽게 이야기하며 자신의 고충을 털어놓는 신기한 역동의 장
면이 펼쳐졌다. 모두가 '어떻게 처음 보는 사람들 앞에서 자신
의 깊은 곳 이야기를 털어놓을 수 있는지?'라며 의아해했다.

또한 내담자 중에는 학교 선생님, 학원 원장님 등이 계셔서
그분들이 〈까봐카드〉로 학부모 연수, 교사 연수, 상담교원 연
수 등을 해달라는 부탁을 하셨고 나는 흔쾌히 응했다. 아무리
작은 인원이라도 〈까봐카드〉를 가지고 다니며 〈까봐카드〉 워
크숍을 해드렸다. '알아차림'만이라도 돕고 싶었다. 무엇이 불
안이라는 감정을 일으키는지 생각을 관찰하게 도와드리고 싶
었다. 〈까봐카드〉가 그 역할을 해내는 것이었다. 더 나아가 그

들의 불안심리가 '치유'되기도 했다.

내가 누구보다 망상 안에 있었기에, 누구보다 불안과 두려움의 깊은 그늘, 그 칠흑 같은 어둠을 경험했기에, 절실하게 세상 모든 사람들이 '까봐'를 알아차리기를 바랐다. 알아차려야 망상에서 나올 수 있다. 알아차림이라는 가장 기본적인 이 단계에 가지 못하면 망상의 매트릭스에 영원히 갇혀 있게 된다. 그만큼 '알아차림'이 중요하다. 망상을 알아차리는 것이 '까봐'를 알아차리는 것이다.

예전의 나와 같이 망상에 시달리는 사람들이 망상에서 나올 수 있기를 바라며, 망상으로 불안한 사람들이 편안해지기를 바라는 마음에서 어디서든 불러만 주면 97장의 손바닥만 한 〈까봐카드〉를 들고 이곳저곳을 다녔다.

그러던 중 약간의 소문이 난 듯했다. 그다음 해인 2017년, 어떤 분께서 〈까봐카드〉 소문을 들었다고 하면서 만나기를 원하였다. 〈까봐카드〉를 보여드리자 이것을 왜 교구나 상품으로 만들지 않느냐는 의견을 주었다. 마침 이즈음에 디자인K의 이윤경 대표도 만나게 되었는데 그녀도 교구로 기획하자는 의견을 주었다. 교구, 상품이라는 것에 어색해하던 나에게 응원의 힘을 주었다. 그리고 교재로 문헌정보센터 ISBN을 받는 일, 디자인 등등 여러 측면에서 많은 도움을 받았다.

〈까봐카드〉를 도구로 사용하는 방법을 알려달라는 워크숍 요청이 점점 많아졌다. 교육지원청, 단체, 기관, 유치원, 초중고 학부모 연수, 교원연수, 대학·대학원, 교회 목사님 연수 등등 다양한 곳에서 워크숍을 한다. 어떤 곳에서는 〈까봐카드〉 개발자가 오셨다며 연예인급(?) 환호를 해주는 곳들도 있는 등 왕성하게 전국을 누비며 활동하고 있다.

A4용지 빼곡히 97개의 '까봐'를 적어오신 수안씨, 생각 관찰하기로 애를 먹었던 명안씨, 상품 개발을 독려해주신 분들, 여러 실질적인 도움을 준 이대표 덕분에 지금의 〈까봐카드〉가 세상에 나오게 되었다. 자연발생적인 것은 보편성을 가진다.

사실 우리 삶을 지탱해주는 것은 불안이다. 불안 덕분에 나아지는 부분들이 있다. 그러나 불안 때문에 포기하고 숨어버리기도 한다. 이 책은 후자를 겪는 사람들을 위한 책이다. 불안을 알아차리고 이를 긍정의 자원으로 돌리는 방안에 대한 책이다. 나는 더 나아가 불안이라는 감정을 일으키는 지금의 문화를 바꾸고도 싶다. '까봐'를 알아차리는 문화를 만들고 싶다. 이 알아차림이 문화가 되기를 희망한다. '만일 잘못되면 어쩔래?', '안 되면 어쩔래?'라고 불안을 야기하는 이야기들, 자신도 모르게 이 사람 저 사람에게 막연한 불안을 묻히는 이야기들을 정면으로 마주보는 것이다.

나 혼자 외치는 것이 아니라 매일 '까봐는 망상이다.'를 10명, 100명이 10년을 외치다 보면 '까봐'를 알아차리는 문화가 정착되지 않을까라는 희망을 품어본다. '까봐'라는 단어가 대명사격으로 알려지면 망상에서, 불안에서 나오지 않을까? 그러면 습관적으로 불안을 야기시키는 것들이 잠잠해지지 않을까? 세상 사람들이 알아차림을 생활화하면 저마다 '내가 되는 길'로 가고자 하지 않을까?

'나'를 만난다면, 그 자리는 궁극의 안도의 자리라는 것을 알게 될 것이다. 그러면 우리도 우리 아이들도 모두가 편안한 마음으로 살 수 있지 않을까?

내가 유토피아를 꿈꾸는지도 모른다. 그러나 내가 망상으로 아팠던 딱 그만큼이라도 나 같은 사람들을 돕고 싶다.

〈까봐카드〉 알아차림을 시작한 이후, 이 손바닥만 한 카드들을 펼쳐놓기만 해도 역동이 일어나는 신기한 경험들을 무수히 했다. 내담자에게 "무엇이 불안하세요?"라고 물으면 대부분 말씀을 못하신다. 막연한 불안 속에서 무엇이 진정한 불안인지를 모르기 때문이다. 그런데 손바닥만 한 〈까봐카드〉를 펼쳐놓으면 막연함은 구체적인 단어로 본인 눈앞에 펼쳐진다. 자연스럽게 카드를 고르신다. 본인이 고른 카드를 바라보면서 '아무것도 아닌 것을 잡고 있었다.'는 것을 알아차리는 순간들은 실로 감동의 순간이었다.

또 본인이 스스로 해결책을 내어놓는다. 본인이 답을 내는 과정의 역동은 그야말로 경이롭기까지 하다. 이것이 바로 불안 심리가 치유되는 순간이다. 본인 스스로가 알아차리고 아무것도 아니라며 생각을 '뻥' 차버리는 것. 생각을 걷어차면 감정은 안정이 된다.

나는 나와 인연이 된 내담자들이 보다 수월하게, 보다 빠르게 자신으로 들어가는 방법을 돕고 싶은 마음이 누구보다 간절했다. 그들이 나아지면 내가 나아지는 치유의 과정이었기 때문이다. 그들을 돕는다는 명분은 실은 나를 위한 것이었다. 그들을 돕기 위해서는 나 자신을 더 들여다보아야 했다. 들여다본 그곳에는 '왜곡된 인지 도식의 틀'이 철옹성만큼이나 두껍게 있었다.

'까봐'의 작은 시작은 점점 자신을 망상으로 몰고 가 결국은 파국화로 가는 소설을 쓰게 된다. 내가 생각을 만드는 이야기

생성자인 것이다. 내가 만든 생각으로, 내가 만든 이야기로 내가 고통스러운 것이다. 본인이 만든 이야기니까 본인이 그 이야기를 깨부술 수 있다. 이제부터 망상의 이야기, '까봐' 이야기들을 해보려고 한다.

평 가 받 을 까 봐

'평가받을까봐'에 이만큼 시달린 사람이 있을까 싶을 정도
로 나의 과거는 이것투성이었다. 잘못 평가받으면 죽을 것만
같은 두려움이 늘 마음 밑바닥에 자글자글 끓듯이 존재하고
있었다.

강의가 뜻대로 풀리지 않았을 때, 수강생들 표정이 밝지 않
았을 때는 어김없이 집으로 되돌아가는 발걸음이 무거운 것을
넘어 두려움으로 가득했다. 이렇게 두려움이 몰려오는 날이면
친구를 만난다든지 TV를 본다든지 하며 불안의 감정을 회피
하며 살았다. 감정은 무거워지고, 더 나아가 아무것도 하기 싫
은 무기력까지 엄습해왔다. 견디기 힘든 감정이었다. 어떻게

해서든 이 감정으로부터 나오고 싶을 뿐이었다.

내가 선택했던 것은 고작 회피였다. 이렇게 무기력하고 불안하고 두려운 감정을 느끼고 싶지 않다는 충동뿐이었다. 마음을 고요히 하고 싶지만, 그 방법을 몰랐다. 그저 '불안하다, 두렵다, 그러나 이런 감정을 느끼고 싶지 않다.'에서만 다람쥐 쳇바퀴 돌듯 생각이 돌고만 있었다. 생각 알아차림을 몰랐을 때, 나는 이런 감정을 느끼고 싶지 않다는 막연한 욕구만을 가지고 있었다.

감정에서 나오는 길은 지금 내가 무슨 생각을 하는지를 알아차리고 관찰하는 것이었다. 이렇게 살아서는 안 될 일이라며, 나의 생각을 들여다보아야겠다는 의지를 내었다. 잘 들여다보니, 강의가 잘 안 풀린 것은 '잘못 평가받을까봐'라는 생각과 이어지면서 마음이 불안해진 것이었다. 나의 생각을 관찰해보니, 다음과 같은 생각을 하고 있었다.

강의가 원하는 만큼 안 풀렸고 몇몇 분들 표정이 그닥 좋지 않았으니, 그 사람들이 뒤에서 내가 강의를 잘 못하는 사람이라고 수군거릴 것 같다. 그 말을 전해들은 사람은 내 강의를 들어본 적도 없으면서 또 나의 욕을 하고 다니고, 그 욕은 바람을 타고 여기저기 번져 세상 사람들이 다 알 것 같다. 이미 세상에 나의 소문은 나쁘게 나 있을 것만 같고, 이내 강의 의뢰 연락이 오지 않을 것이다. 이미 강의 의뢰가 끊겼는지도 모른다. 나만 모르고 이미 소문이 퍼졌을 것이다. 강의도 끊기도 상담도 끊기고 점점 살기 어려워질 것이니, 센터를 접어야 하나? 그러면 뭘 먹고 살지? 먹고는 살아야 하는데, 일자리를 구걸하러 다녀야겠다. 일자리 구걸하는 모습을 우연히 친구들이나 지인들이 보겠지. 그 사람들은 내가 망했다고 소문내고 다니겠지…. 숨고 싶다. 들키지 말아야겠는데, 어디로 도망가면 좋을까? 어디가야 숨을 수 있을까? 차라리 죽어버릴까? 죽는 게 낫겠다. 이런 식으로 살고 싶지 않다. 죽고 싶을 만큼 수치스럽다.

이 생각은 생생하게 한 장면 한 장면 영상으로 만들어져 있었고 이미 한 편의 영화가 되어 있었다. 사람들이 수군거리는 장면, 일자리를 구걸하는 장면, 그것을 지켜보는 인물들이 등장하는 장면, 한 편의 영화 장면이 머릿속에서 펼쳐지고 있었다.

되돌아보니 이런 생각을 한 것이 하루이틀이 아니었다. 그동안 무수한 세월, 무수한 시간을 이런 생각을 하고 있었다. 그것도 한 장면 한 장면의 구체성을 갖고. 어떻게 이런 개연성 없는 구체성을 만들어놓았는지 이해가 안 되었지만, 나의 무의식적 생각은 이렇게 흘러가고 있었다. 그것도 극단적인 감정인 '죽고 싶다.'로 곤두박질치고 있었다. 파국적인 결말로 내달리고 있었다. 망상의 생각이 '죽을 만큼 수치스러운' 감정을 만들어버렸다. 강의가 잘 안 풀리면 나는 이내 '죽을 만큼 수치스러운'의 생각으로 내달렸던 것이다. 이렇게 불편한 감정을 느끼고 싶지 않으니, 어떻게 해서든 회피하려 했던 것이다.

아무것도 벌어지지 않은 일이다. 그러나 이미 벌어진 일인 것처럼 파국적 결말 이야기를 만들고 있었고 이런 패턴은 이미 습관이 되어버렸다. 빛의 속도로 자각 없이 내 머릿속에서 하나의 규칙을 가지고 돌아가고 있었다. 나는 이런 생각의 흐름을 '무의식의 자동적인 인지도식'이라고 부르기로 했다. 무의식적인 생각, 미처 내가 알아차리지 못하는 생각이지만 이미 자동으로 돌아가고 있는 나의 생각. 무의식적인 생각이 하나의 자동적인 도식이 되어 시속 750킬로 속도로 돌아가고 있었다. 내 생각이지만 내가 몰랐고 알아차리지 못했을 뿐이었다.

이런 자동적인 생각 습관이 있다는 것을 알아차렸지만, 뭔가가 더 있는 듯 찜찜했다. 이 시나리오 정도로 이렇게 불안하다고? 불안을 일으킨 이유, 원인이 있을 것 같았다. 더 들여다보아야겠다. 언제부터 이런 생각을 하고 있었는지를 찾아보았다. 어릴 때부터 엄마가 늘 하시던 말씀이 기억났다.

"주은아, 어디 가서 처신 잘해야 한다. 네가 잘못 행동하고 잘

못 말하면 부모 욕 먹인다. 세상 사람들이 엄마 욕한다. 엄마 욕 먹이게 하면 안 된다. 네가 못하면 엄마까지 아버지에게 야단 맞는다. 아버지 성질 알제? 아버지 화나면 얼마나 무서운 줄 알 제? 만사를 조심하고 또 조심하고 실수하지 말고. 느거 아버지 가 화나면 우리를 어떻게 하는지 알제? 특히 엄마에게 어떻게 하는지 알제? 또 두들겨 팰 거야. 아버지 화 안 나게 조심하자."

나는 이 말을 늘 듣고 자랐다. 개연성 없는 장면 중 몇몇의 사람들이 욕하던 장면이 비로소 이해되었다. 내가 뭔가를 잘 못하면 그건 엄마까지 욕을 먹이게 하고 나의 잘못은 엄마를 야단맞게 하는 불효막심한 짓이라는 관념까지 가지고 있었 던 것이다. 나는 어느새 나도 욕먹고 엄마도 욕 먹이고 아버지 도 욕 먹이는 그런 파렴치한 인간이 되어 있었다. '잘못 평가받 을까봐'는 '욕먹을까봐'로 연결되었고, '욕먹을까봐' 아래에는 '야단맞을까봐'가 있었다.

엄마는 나 때문에 아버지에게 늘 야단맞던 사람이었다. 내 가 무엇인가를 잘못하면 나도 야단맞고 엄마도 야단맞고 급기 야 자신의 감정을 이기지 못하고 점점 분노가 올라온 아버지 가 나와 엄마 모두를 죽일지도 모른다는 공포에 다다른다. '잘 못 평가받을까봐' 가장 밑바닥에는 죽음의 공포가 똬리를 틀고 있었다. 나의 불안에 엄마의 불안까지 내 어깨 위를 어둠으로 짓누르고 있었다.

아버지가 돌아가신 이후에도 나는 이런 무의식적 생각을 하고 있었던 것이다. 더 나아가 이런 망상의 생각은 남편을 향해서도 발동하고 있었다. '잘못 평가받으면 강의 자리가 없어지고 강의자리가 없어지면 남편이 나를 몹시 비난하고 아빠와 같은 학대로 나를 야단칠 것 같다. 엄마는 자신이 말하는 대로 살지 않았다고 혀를 찰 것 같고 나는 두 아들과 함께 고립되어 어디 발붙일 곳도 없이 떠돌다가 죽을 것만 같다.'는 형상이 한 장면 한 장면 촘촘한 이미지로 각인되었다.

'잘못 평가받을까봐'는 또 다른 〈까봐〉와도 연결되어 있었다. '돈을 못 벌까봐'라는 생각으로 이어졌다. '잘못 평가받으면 돈을 못 벌고 돈을 못 벌면 상담센터를 접어야만 하고 상담센터를 접으면 남편은 돈벌이도 못하면서 센터를 차려 집안일에 소홀히 한 것을 비난할 것만 같고, 엄마는 시키지도 않은 일을 해서 결국에는 망했다는 야단을 칠 것만 같고, 그러면 나는 숨이 막혀오고 아이들을 데리고 도망가고, 도망간 그곳에서는 먹고사는 일에 대한 막막함으로 죽고 싶은 고통을 겪을 것'이라는 생각이 이어졌다.

'잘못 평가받을까봐'는 내 안에서 다양한 망상의 시나리오를 쓰면서 영화를 만들고 있었다. 불안을 일으키는 생각으로 영화를 만들어놓았으니, 감정이 불안해지는 것은 너무도 당연한 결과였다. 불안이라는 감정을 처리하는 방법을 알지 못하니, 회피의 방어기제로 사람을 찾았다. 새로운 사람을 만나면 무슨 일을 꾀하게 되고 당분간 불안이라는 감정으로부터 도망갈 수 있기 때문이다. 새로운 일을 꾀하면서 아이디어라는 것이 범람하듯 나오지만, 그 시작은 창대하고 그 끝은 미미해지는 경험을 종종 했다. 이상한 사람들과 엮이고 서로가 남 탓을 했던 과거 악순환의 일들이 떠올랐다. 이와 같은 망상 시나리오를 무의식 깊은 곳에 저장해놓고 돈을 많이 벌었으면 좋겠다는 생각은 '환상'이었던 것이다.

생각대로 이루어진다는 말이 있다. 내가 모르는 생각이지만, 무의식에 저장된 생각 또한 나의 생각이다. 내 생각에 이미 파국화하는 망상 시나리오가 있었다. 생각대로 이루어졌다. 돈을 많이 벌었으면 좋겠고 행복했으면 좋겠고는 내가 아는 생각이고, 내가 모르는 생각은 파국적인 시나리오들이었다. 내가 아는 생각대로 현실이 이루어지지 않았고 내가 모르는 생각대로 이루어졌다. 이것이 현실창조였다. 내 생각대로 이루어졌다. 내가 생각한 대로 현실은 이루어졌다. 불안, 두려움, 죽음에 대한 공포로 현실이 이루어졌다. '생각대로 이루어진다.'는 말은 실로 무서운 말이었다. 그래서 나는 '시크릿' 류의 책들이 일으키는 부작용을 내 사례를 빌어 설명하곤 한다.

나의 생각 습관을 알아차리자, 잠시 '멈춤'을 하는 연습을 했다. 알아차림은 '멈춤'을 할 수 있게 도와주었다. 그리고 불안이 올라오면 어떤 '망상소설'을 쓰는지 종이 위에 써보았다. 나의 생각을 눈앞에 펼치는 작업을 했다. 처음에는 글로 쓰는 것조차 두려웠다. 마치 이 일이 반드시 일어날 것만 같은 불안이 엄습해오면서 '자기 객관화'가 무서웠다.

비교적 건강한 양육 환경에서 자라신 분들은 이런 생각을 하는 사람이 있다는 것이 믿기지 않을 수 있겠다. 그러나 이런 생각을 하는 분들이 꽤나 많다. 그들은 나처럼 과거에 많이 아팠던 사람들이다. 나처럼 많이도 아팠기에 스스로를 파괴하는 이야기를 만들어놓았다. 본인이 만든 소설 속에 갇혀 불안해하는 분들을 만나면, 어찌 이들을 안 도울 수 있겠는가?

내 가슴은 더 뜨거워졌다. 이들이 바로 설 수 있도록, 더 많이 알아차릴 수 있도록 나는 나를 더 오픈해야만 했다. 취약한, 열등한, 수치스러운 나의 이야기를 오픈할수록 그들은 자신이 미처 알아차리지 못한 생각들을 나의 사례에 매치시켜 본인 생각을 알아차리는 데 도움을 받았다고 했다.

'그래, 더 많이 알아차리자, 주은아. 더 많이 망조 시나리오를 알아차리자.'

욕먹을까봐

다급하고 불안한 목소리의 중년 여성으로부터 전화가 왔다. 아이가 학교에 가기 싫어하는데 상담을 받고 싶다는 내용이었다. 아이는 상담을 받으러 가지 않을 것 같고 본인이라도 먼저 상담을 받고 싶어 했다.

상담을 온 여성은 어떻게 하면 아이를 학교에 보낼지가 고민이었다. 아이는 학교도 가지 않고 아무것도 하지 않으려 한다고 했다. 몇 주 동안 아이를 설득하여, 드디어 지안이가 왔다. 모자를 깊게 눌러쓰고 머리를 푹 숙이고 꾸부정한 어깨로 마지못해하며 센터 문을 열고 들어왔다. 엄마가 없기를 바랐다. 지안이와 나, 단둘의 오랜 침묵의 시간이 흘렀다. 어떤 말을 물어봐도 대답이 없었다. 그냥 가만히 아무 말 없이 단둘이 마주보고 앉아 있는 것만으로도 괜찮다고 했다.

지안이는 언제나 낮 2시 30분에 상담받기를 원했다. 사람들이 가장 없는 시간대가 이 시간대라고 했다. 학교는 결국 자퇴를 하게 되었다. 몸을 일으키는 것도 힘들고 상담센터에 오는 것도 힘겹다는 지안이는, 그래도 일주일에 한 번 나를 보러 오면 마음이 편하다면서 이것만으로도 충분하다는 말을 했지만, 우리의 상담은 지지부진하게 별 진도가 나가지 않고 있었다.

어떤 의욕도 보이지 않는 지안이에게 〈까봐카드〉를 내밀었다. 아무것도 하고 싶지 않고 카드도 눈에 들어오지 않는 지안이를 겨우 설득하면서 약간의 활동이라도 해보려 무진장 애를 썼다. 지안이가 고른 첫 카드는 '욕먹을까봐'였다. 그러곤 '자살할까봐'를 골랐다. 왜 골랐는지를 수차례 물어보아도 대답하지 않았다.

또 몇 주가 흘렀다. 지안이 엄마는 미혼모로 아이를 혼자 키우기 힘들어서 친언니 도움을 받으며 지안이를 키웠다고 했다. 엄마와 이모 손에서 자란 지안이는 중학교 때까지 공부를 잘하여 전교 등수 안에 들었다고 했다. 그런데 고등학교 2학년이 되면서 갑자기 학교를 그만두고 싶다고 해서 자퇴처리도 엄마가 대신 학교에 가서 하고 왔다. 지안이는 몇 마디 하지 않았지만, 간혹 하는 말들을 종합해보면 이랬다.

'엄마가 공부를 너무 많이 시켰다. 하루는 학교에 늦었다며 세숫대야에 물을 받아 자고 있는 얼굴에 물을 부었다. 말대꾸를 하거나 하면 머리채를 잡아당기며 야단을 쳤다. 하루만이라도 학원을 안 간다고 하면 죽일 듯이 소리를 질렀다. 쌍욕을 하고 막말을 했다. 귀신이 어릴 때부터 보였다. 자주 보이는데 놀라지는 않는다. 아무 말 안 하면 그들도 물러간다.'

주 양육자였던 이모에 대해 물어보면 치가 떨리는 듯 온몸을 부들거리고 입을 삐죽거릴 뿐, 아예 이모에 대한 이야기는 거부했다. 내가 질문을 장황하게 하면 겨우 짧은 대답만 해주는 지안이였다. 자신의 생각을 관찰하기는 어려워했다.

대부분 처음에는 자신의 모습과 생각을 관찰하지 못한다. 타인의 잘못이 눈에 더 잘 띄는 법이다. 지안이에겐 엄마 탓, 이모 탓이 많았다. 이것을 관찰하기로 살려야겠다는 생각을 했다. 지안이에게 숙제를 내주었다. 엄마와 이모가 TV를 볼 때, 연예인들을 보면서 무슨 말을 하는지를 관찰하여 오게 했다. 다음 주에 온 지안이는 무슨 신대륙이라도 발견한 듯이 흥분하며 자신이 발견한 것을 꽤나 수다스럽게 이야기했다.

"선생님, 저 왜 '욕먹을까봐'인지를 알았어요. 엄마와 이모는 티브이를 보면서 계속 연예인들 욕을 했어요. 저 사람은 목이 짧다, 다리가 휘었다, 키가 작다, 눈이 작다, 쌍꺼풀한 것이다, 코를 해야겠다, 목소리가 별로다, 연기를 못한다 등등요. 계속 뭐라고 디스하면서 보았어요. 좋은 말은 한마디도 하지 않았어요. 드라마 내용이 무엇인지 기억도 안 나요. 계속 욕만 하고 흉만 봤어요. 그게 그냥 일상이었어요. 산책을 같이 나가도 지나가는 사람들 다 뭐라고 했어요. 치마가 짧다, 허벅지가 저렇게 굵은데 저렇게 짧은 치마를 입냐? 못생겼다, 수술해야겠다, 너무 뚱뚱하다, 키가 크다, 작다. 지나가는 사람들 모두 욕했어요.

식당에 가도 늘 욕을 했어요. 생각해보니 아마 제가 그 욕을 저에게 대입시킨 것 같아요. 그런 욕을 들을 때마다 저의 작은 눈을 생각하고 저의 작은 키를 생각하고 두꺼운 허벅지가 같이 떠올랐어요. 엄마와 이모가 남들 외모를 가지고 뭐라고 할 때마다 그 말이 저를 향한 말로 들렸어요. 그래서 이곳에 오는 시간도 버스에 사람이 가장 적은 시간에 오구요. 저는 세상 사람들이 모두 엄마와 이모 같다고 생각해요. 선생님도 제가 못생겼다고 생각하지요? 엄마와 이모처럼요. 저는 못생겼어요. 그런데 수술하는 건 정말 싫어요. 하지만 난 못생겼어요. 선생님도 나를 그렇게 생각하실 거예요. 분명 그러실 거예요. 세상 사람들이 저처럼 못생긴 사람을 받아줄까요? 저는 아무것도 할 수가 없어요. 그리고 저는 흉 안 보는 어른을 본 적이 없어요. 모든 인간들이 우리 엄마, 이모처럼 남 흉보고 욕해요."

엄마와 이모의 대화를 지안이는 그대로 자신의 것으로 만들어버린 것이었다. 그러곤 자신이 못생겼다는 결론을 내려버렸다. 지안이의 비교 기준은 연예인이었다. 연예인보다 코가 낮아서, 연예인보다 눈이 작아서 지안이는 자신의 모든 것들이 마음에 들지 않았다. 지안이 엄마에게 지안이에 대해 말씀드렸더니, 자신들이 얼마나 지안이를 예쁘다며 키웠는데, 왜 지안이가 못생겼다는 생각을 하는지 모르겠다며 갸우뚱해했다. 본인들이 티브이 속 연예인들, 지나가는 사람들 흉을 볼 때 지안이가 모두 자신의 것으로 받아들였다는 말씀을 드리자, 아이가 별나다는 결론을 지어버렸다.

지안이는 외모에 자신감을 잃었고 자신의 외모를 타인들도 엄마, 이모와 똑같이 욕한다는 망상에 갇혀 있다는 것과 아이 입장에서는 부모 및 주 양육자를 세상으로 생각한다는 말을 매번 이해할 때까지 해야만 했다. 이 말을 가슴으로 받아들이게 하는 시간은 몇 주나 흘러야 했다. 자신들 실수를 인정하지 않고 지안이만 이상한 아이로 취급하던 그분들은 겨우 지안이를 이해하기 시작했고 자신들 언행을 조심하기 시작했다. 그러나 이미 지안이는 마음에 병이 들어버린 상태였다. 지안이에게 굳어 있는 생각을 떼어내기란 쉽지 않았다.

지안이에게 타인을 관찰하게 했던 연습을 바탕으로 자신의 생각도 계속 관찰하게 했다. 자신의 생각을 관찰하여 노트에 적어오게 하는 연습을 시켰다. 지안이 생각의 영상 안에는 사람들이 자신을 보고 못생겼다고 쑥덕거리는 영상이 존재했다. 지안이의 무의식적인 자동 생각습관, 더불어 떠오르는 영상은 다음과 같았다.

'지안이가 학교 교실 책상에 앉아 있다. 뒤에서 몇몇 아이들이 지안이를 보며 못생겼다며 쑥덕거린다. 쑥덕거리는 패거리들은 다른 반 친구들에게 가서 계속 지안이 외모를 폄하하는 말을 한다. 이제 아무도 자신과 놀아주지 않는다. 지안이는 혼자다. 회색빛이다. 학교가 회색빛이고 세상이 회색빛이다. 아무도 자신을 반겨주지 않는다. 살 가치를 느끼지 못하겠고 죽고 싶다.'

실제로 쑥덕거리는 친구들을 만난 적이 있는지 물어보며, 이것은 엄마와 이모의 영향으로 본인이 만든 이야기라는 것을 계속 인식하게 했다. 만들어낸 이야기에 본인이 갇혀 계속 그 이야기를 강화시킨다는 것과 그것이 습관이 되었다는 것, 그러니까 본인만이 그 이야기를 깰 수 있다는 말을 했다. 지안이는 떠오르는 생각을 노트에 적는 연습과 자신의 생각을 자신의 눈으로 확인하며 생각이 더 이상 파국으로 가지 않는 연습을 했다.

또한 망상의 생각을 알아차리고 멈추게 하는 연습으로는 '지금-여기' 눈앞에 펼쳐진 것들에 집중하게 했다. 그리고 그 것들을 입 밖으로 소리내어 하나씩 읽으라고 했다. 예를 들어 책상이 있고 그 위에 컴퓨터와 책들이 있다면 '책상이 있다. 그 위에 컴퓨터가 있고 오른쪽에 마우스가 있고 앞쪽에 키보드가 있고 왼쪽에 머그컵이 있다.'라고 입으로 말하게 했다. 일어나는 생각을 멈추게 하는 연습으로 지금 눈앞에 펼쳐진 것들을 서술하기, 그리고 자신을 인정하기, 못생겨도 괜찮다며 자신을 수용하기 등의 훈련을 했다. 이제 지안이는 어느 시간대이고 외출할 수 있게 되었고, 시내에도 모자 쓰지 않고 가게 되었으며, 점점 웃음이 많아졌다. 좌절감이 와도 또 일어나고 또 일어나는 지안이가 되었다.

며칠 전에는 일자리를 구했다는 문자를 받았다.

버 림 받 을 까 봐

지금은 중학교 2학년이 된 윤안이의 초등학교 3학년 때 이야기다. 어느 날 늦은 밤에 전화가 왔다. 전화를 받자마자 윤안이가 다짜고짜 엉엉 울면서 이야기했다.

"선생님, 엄마하고 아빠하고 싸워요. 엄마와 아빠 이혼할 것만 같아요. 어떻게 해요. 이혼할 것만 같아요. 오빠는 엄마 아빠 이혼하면 엄마한테 간대요. 나도 엄마에게 가고 싶은데, 나도 엄마한테 가면 아빠가 불쌍해요. 어떻게 해요? 아빠 불쌍한데, 아빠에게 가기는 싫고 나는 어떻게 해요? 아빠 불쌍해요. 엄마 아빠 이혼하면 어떻게 해요? 오빠 미워요. 오빠가 먼저 엄마한테 간대요. 나도 엄마에게 가고 싶어요. 엄마 아빠가 이혼하고 우리 버리면 어떻게 해요? 버림받을까봐 불안해요."

"윤안아, 자, 조금만 마음을 진정하고. 선생님이 망상소설이 무엇인지에 대해 이야기해주었지. 지금 어디로 가는 거야? 어디까지 가는 거야? 지금 무슨 망상소설을 쓰는 거야? 지금 엄마 아빠가 이혼했어?"

"아니요. 안 했어요. 싸우고 있어요. 그런데 이혼할 것만 같아요. 나는 아빠한테 가기 싫어요. 엄마에게 가고 싶어요. 근데 오빠가 먼저 엄마에게 간대요. 그래서 우리 모두 버리면 어떻게 해요?"

"그래 윤안아, 자 다시. 엄마하고 아빠하고 이혼했어? 안 했어? 지금 어디까지 간 거야? 엄마하고 아빠가 이혼하면 그때 어디로 갈지 생각하자."

"그때 생각하면 늦어요. 선생님이 책임질 거예요? 진짜 이혼하면 선생님이 책임질 거냐고요?"

윤안이는 나한테 대들면서 계속 엉엉 울었다.

"그래 윤안아, 부모님이 이혼하시면 누구에게 갈지는 다음 상담에서 천천히 결정하도록 하고, 지금은 그냥 여기에 있는 거야. 싸우면 이혼할 것만 같지. 그래, 이혼할 것만 같은 불안은 충분히 이해해. 그런데 지금 불안은 어디에서 오는 불안이야? 어디까지 간 거야? 여기로 와봐. 여기에서 선생님과 이야기하자. 부부는 싸울 수 있어. 싸운다고 다 이혼하는 건 아니야. 지금 너는 이미 엄마 아빠가 이혼했고, 엄마 아빠가 이혼한 다음을 생각하며 엄마에게 먼저 간다고 말한 오빠가 밉고, 아빠에게 가기 싫은데 아빠에게 가야 할 것 같고, 그러면 또 싫고. 지금 너 어디까지 간 거야?"

이 말을 수차례 반복하자, 윤안이는 겨우 진정을 했다.

"윤안아, 지금 벌어진 일에만 집중하자. 지금은 엄마 아빠가 부부싸움을 하는 거야. 부부싸움을 하면서 이혼을 한다는 둥 그런 격한 말이 나올 수는 있어. 그러나 이혼하려고 지금 이혼 서류를 작성하거나 하지 않지? 윤안아, 지금은 부모님이 이혼하는 것이 아니야."

"알았어요, 선생님. 지금은 엄마하고 아빠가 싸우고 있을 뿐이에요. 사실은 이혼한다는 말씀들은 안 하세요. 목소리가 높아지고 큰목소리로 싸우고 계세요. 그럼 만약에 엄마하고 아빠가 이혼한다면 그때 내가 어디로 갈지 천천히 정하도록 할게요. 선생님이 도와주세요."

"그래, 당연하지, 선생님이 도와줘야지. 이제 좀 진정되었어?"

"예, 점점 가라앉아요. 사실 이혼한다는 말도 나오지 않았어요."

"지금 좀 어때?"

"맞아요. 저 순간 또 망상으로 갔어요. 망상으로 가고 거기다가 소설까지 쓰고 있었어요. 금방 엄마와 아빠 싸우는 모습을 보고 이혼한다는 이야기를 만들었어요. 영상이 보였어요. 부부는 싸울 수 있는데, 엄마 아빠가 싸우면 이혼한다로 가버렸어요. 그리고 오빠가 미워졌어요. 먼저 엄마한테 간다는 거예요. 내가 엄마한테 가고 싶은데, 그러니까 또 아빠가 불쌍한 거예요. 아빠가 화내는 건 싫지만 그래도 아빠가 좋거든요. 아빠가 좋지만, 그래도 아빠랑 둘만 사는 건 싫거든요. 부부싸움을 엄마 아빠 이혼한다로 갔고, 오빠는 엄마에게 나는 아빠에게로 가고, 아빠와 단둘이 사는 내가 불쌍한… 그런 소설을 썼어요. 영화를 찍었어요. 나 불쌍한 여주인공 영화를 찍었어요. 그런데요 선생님, 있잖아요, 음… 저 뭐 하나 물어봐도 돼요?"

윤안이는 뜸을 들이며 전화를 이어갔다.

"선생님… 저는 왜 자꾸 망상으로 가는 걸까요? 왜 소설을 쓰고 영화 속 비련의 여주인공이 되는 소설을 쓰는 걸까요?"

'에엥? 이 아이가 여기까지 알아차렸다고? 본인이 망상소설에 나오는 비련의 여주인공 영화를 찍는 데까지 자꾸 가는 걸 알아차렸다고?'

순간 입이 쩍 벌어지면서 놀랐지만, 어떻게 대답하는지 궁금하여 모른 척하며 되물었다.

"네가 망상으로 갔잖아. 네가 비련의 여주인공 소설 썼잖
아? 왜 갔어? 네가 망상으로 갔으니까, 윤안이가 대답해봐."

"선생님… 사실은요, 저 이 생각, 이 망상, 비련의 여주인공
놀이, 즐겨욧!"

"헐! 대박이다. 그걸 알아차린 거야? 즐긴다는 걸 알아차린
거야. 대단하네, 우리 윤안이. 대단하다. 여기까지 알아차린 거
야. 여기까지 알아차리기가 진짜 어려운 건데, 계속 망상 시나
리오 속에서 이렇게 상황을 만든 사람들 탓하고 울고불고 억
울해하는데, 우리 윤안이, 오빠 밉고 아빠가 불편하다고 금방
그랬는데, 우리 윤안이가 세상에나 여기까지 알아차렸다는 말
이네…. 대단하네. 자 그러면 이제 어떻게 해야겠어?"

"망상소설을 쓰면 제가 비련의 여주인공이 되어요. 내가 여
주인공인 게 좋아요. 비련의 여주인공이 되고 싶어서 후딱 망
상으로 가고 망상 속에서 소설을 쓰고 나는 그 속에서 주인공
놀이를 즐겨요. 선생님, 사실은요, 이거 비밀인데요, 이거 은근
재미있어요. 나 주인공이에요… 상상 속에서 주인공인 거 재
미있어요. 현실에서는 주인공 못하는데 상상 속에서는 할 수
있잖아요. 그것도 비련의 여주인공이면 뭔가 슬프고 보호해주
고 싶잖아요. 나는 공주 같잖아요. 이거 재미있어요. 헤헤헷."

"그래? 그러면 앞으로 어떻게 할 거야?"

"헤헷헷. 이제 안 해야지요… 헤헷헷…. 비련의 여주인공 놀이, 공주놀이로 잘 놀았어요. 이제 비련의 여주인공 놀이, 공주놀이 안 할 거예요. 하면 마음이 힘들어요. 그만해야 하는 것 맞아요. 근데 약간 아쉽기는 해요. 나 이 놀이 재미있는데, 나 그러면 비련의 여주인공 포기해야 하는 거잖아요. 그게 아쉬워요. 그래도 포기해야겠지요? 비련의 여주인공 하면서 우는 건 그만할래요. 망상 속에서 우는 거 그만할래요. 선생님 말씀처럼 지금 여기에서 방긋방긋 웃으면서 재밌게 친구들이랑 오빠랑 엄마랑 행복하게 살 거예요. 지금은 엄마 아빠가 부부싸움을 하는 것뿐이고 부부는 싸울 수 있어요. 나도 친구랑 싸우는걸요."

어떻게 초등학교 3학년이 여기까지 알아차리고 이런 말을 하는지 깜짝 놀랐다. 물론 상담을 하면서 윤안이에게 망상소설과 소설을 영화로 만드는 영상도 우리 머릿속에 있다는 것을 알려주었다. 그러나 그 순간에 이것을 한번에 알아차리는 윤안이가 대단했다. 윤안이처럼 망상은 본인이 만들고 그 속에서 즐긴다는 사실을 내담자들이 알아차리기만 해도 상담은 순풍을 단 돛단배처럼 진도가 빨리 나간다. 이런 자신을 발견하면 현실을 자각하게 된다. 현실을 자각하면서 더 이상 남 탓이나 상황 탓을 하지 않고 본인부터 들여다보아야 한다는 각성이 뒤따른다.

"윤안아~ 선생님이 흰 늑대와 검은 늑대 이야기 알려주었지. 흰 늑대랑 검은 늑대랑 싸우면 누가 이긴다고 했어? 기억나?"

"밥 많이 준 놈이 이긴다고 했어요."

"망상하는 놈은 흰 늑대야? 검은 늑대야?"

"검은 늑대예요. 검은 늑대임을 알아차리고 이제 이놈한테 밥 주지 않고 굶겨 죽일 거예요."

"이놈은 진짜 윤안이야? 가짜 윤안이야?"

"가짜 나예요. 망상을 즐기는 놈은 내가 아니에요. 가짜 나예요. 진짜가 아니에요. 이제 망상을 즐기는 이놈을 발로 뻥하고 차고 지금 여기에 있을 거예요. 이제 재미없어요. 그놈은 내가 아니에요. 내 안에 이상한 놈이 있었어요. 으~~ 토할 것 같아요. 이런 놈이 나에게 있었다니 토할 것 같아요. 웩하고 싶어요. 에잇, 몸 밖으로 나갔으면 좋겠어요. 이히히, 이놈 싫어욧. 근데요, 선생님, 어어… 이상해요. 금방까지 토할 것 같더니, 어어라. 이미 어디로 간 것 같은데요. 획 하고 뭐가 빠져나갔어요. 이제 없어요. 편안해졌어요. 만일 또 나타나면 죽여버릴 거예요. 헤헷헷."

윤안이 이야기는 훗날 강의 소재로 또는 내담자들에게 알아차림 예시로 사용했다. 망상을 즐기며 비련의 여주인공 소설을 쓰는 자신을 알아차린 윤안이 사례는 많은 어른에게 울림을 준다. 망상소설 찾는 것에 동기부여가 되게 한다.

내가 만든 망상소설 속에서 비련의 여주인공 놀이를 즐겼다는 것을 알아차리면 자연스럽게 현실을 자각하게 되고 스스로가 역겨워진다. 여태까지 자신이 피해자인 줄 알았는데, 상황의 문제인 줄 알았는데, 비록 상황이 잘못되더라도 이것을 망상으로 가지고 가느냐 마느냐의 여부는 내가 선택한다는 것을 깨닫게 되면, 피해자 코스프레는 멈추게 된다.

이날 이후 윤안이는 〈까봐〉 전도사가 되겠다면서, 친구들이 "만일 안 되면 어쩌노?"라고 할 때, "야~~! 그거 까봐거든. 안 벌어졌거든. 네가 지금 소설을 쓰는 거거든."이라고 한단다.

윤안이는 친구들을 돕고 싶다고 했다. 본인과 같이 망상에서 괴로워하는 친구들이 없기를 바란다며 본인이 주위 모든 친구에게 죽는 날까지 〈까봐〉를 알려줄 거라고 했다. 윤안이의 이런 다짐을 들으면서 마음이 뭉클해졌다. 우리 안에 모두 이렇게 따뜻한 본성이 있는 것이다. 도움이 되는 인간이고자 하는 따뜻한 본성이 있는 것이다.

윤안이처럼 '까봐'가 망상임을, '만일 안 되면 어쩌지?'는 망상이라는 것을 친구들에게 알리다 보면, 1명이 2명으로, 100명으로, 1000명이 되어 알리다 보면 이 사회는 모든 망상을 알아차리는 사회가 되지 않을까?

윤안이는 말했다.

"선생님, 제 사례를 세상 사람들에게 널리 널리 알려주세요. 이렇게 알아차린 초등학생이 있었다고 알려주세요. 선생님 강의 가시는 곳마다 내 이야기를 해주세요."

윤안이 부탁대로 강의를 할 때마다 나는 윤안이 이야기를 한다. 윤안이는 지금 아이돌 스타를 꿈꾸며 춤 연습을 하고 있다. 주위에서 아이돌 스타 되기가 얼마나 힘든데, '만일 안 되면 그 시간과 노력이 아까워서 어쩌냐?'는 말을 한다고 한다. 그러나 윤안이는 아이돌 스타가 꿈이지만, 안 되더라도 상관없다고 한다. 그 과정이 재미있다고 한다.

"선생님, 내가 어떻게 될지 그건 모르는 거 아니에요? 내가 아이돌이 될 수도 있지만, 안 될 수도 있어요. 선생님이 가르쳐주신 대로 지금 나는 몰라요. 미래는 오직 모를 뿐이라고 가르쳐주셨어요. 그래서 훗날은 어떻게 될지 몰라요. 그런데 해보고 싶어요. 안 되더라도 일단 해보고 후회할래요. 나는 춤추는 게 좋아요. 재미있어요. 신나요. 춤 잘 못 추는데, 재미있어요. 잘 출 수 있게 연습해요. 아무것도 안 하는 거보다 낫잖아욧….
에헷헷."

"선생님이 너무 똑 부러지게 가르쳤는데! 과정을 즐긴다고? 우와!"

우리는 서로 함빡 웃었다. 예뻐서 막 깨물어주고 싶지만 겨우겨우 참았다. 예쁜 것. 윤안이의 모든 꿈을 응원한다.

성적이
떨어질까봐

얼마 전 부산 ○○초등학교 독서동아리에서 아이들반, 학부모들반 대상으로 〈까봐와 그림책〉이라는 프로그램을 진행한 적이 있다. 그림책으로 마음 읽어주는 시간도 갖고 벌어지지 않은 막연한 불안을 알아차리는 〈까봐카드〉 시간도 가지며 각자 자신의 '까봐'를 알아차려보았다.

아이들에게서는 '물가가 떨어질까봐, 새 옷에 매직 묻을까봐, 받아쓰기 100점 못 받을까봐, 어린이날이 사라질까봐, 지구가 멸망할까봐, 크리스마스가 사라질까봐, 집값 떨어질까봐' 등 기발한 '까봐'들이 등장했다. 아이들에게 발표를 시키면 서로 손을 들고 발표한다고 시끄럽게 구는데, 그 와중에 한 남자아이가 눈에 눈물이 그렁그렁 맺혀 나를 빤히 쳐다보며 뭔가를 이야기하고 싶어 하는 눈치였다. 무슨 일인지 그 아이에게 가서 넌지시 먼저 물어보았다.

"어떤 까봐가 있어서 눈물이 맺혔어? 뭐가 불안했어?"

"선생님… 알아차림 알려주셨잖아요. 저를 관찰해보니까 저는 집중력은 좋은 것 같아요. 그런데 '까봐'가 있어서 불안해요. 시험을 망칠까봐, 그래서 엄마가 실망할까봐, 엄마가 나를 미워할까봐 불안해요. 저는 늘 '까봐'와 함께 공부해요. 마음이 불안해요. 편하지가 않아요. 엄마를 실망시키고 싶지도 않고 엄마가 나를 미워하는 것도 싫어요. 마음이 불안해요."

아이들에게 '까봐'를 가르칠 때마다 속으로는 참 놀란다. '아! 알아차려지는구나. 자기 생각을 관찰할 수 있구나. 이렇게까지 알아차리는 아이들이 있구나. 의외로 잘 알아차리는구나.'

아이들은 잘 알아차린다. 또한 군중심리 같은 것이 발동하여 옆 친구가 발표하면 자신도 덩달아 발표하려고 알아차림이 더 구체적으로 될 때가 많았다. 속으로는 기특하고 대견하여 이런 말을 하는 친구를 안아주고 싶은 충동이 올라오지만, 마음을 가다듬으면서 이 친구의 마음을 읽어주었다.

"동안아, 너의 '까봐'는 동안이 것이 아니야. 그건 어른 세대 잘못이고 너희들 불안이 아니야. 어른 세대가 깨어 있지 못해서 너희들에게 '까봐'를 묻힌 거야. 우선 선생님이 동안이에게 기성세대를 대표해서 사과하고 싶어. 동안아, 미안하다. 너의 까봐 불안은 너의 것이 아니란다. 우리 기성세대들이 깨어 있지 못해서, 모르고 너희들에게 이런 불안을 묻힌 거란다. 너의 까봐는 너의 생각이 아니고 대물림된 생각이란다. 미안하다.

나의 부모가 자기 생각을 알아차리지 못했고, 나의 부모의 부모인 나의 할머니, 할아버지가 자기 생각을 알아차리지 못했고, 할머니, 할아버지의 부모가 자신의 생각을 알아차리지 못하며, 대물림된 불안의 생각이란다. 그렇게 대대로 내려온 망상의 생각이란다. 그것이 이런 불안한 사회, '만일 잘못되면 어쩔 건데?'라는 만연된 불안의 문화를 만들어버렸단다. 알면 덜했을 텐데. 그러니 너희가 불안해하는 건 너희 책임이 아니고 우리 책임이란다.

이제 동안이가 먼저 알아차리자. 불안한 감정이 올라오면 그건 '까봐'라는 생각을 했기 때문에 일어나는 감정이라고 했지. 이걸 알아차리자."

내 말에 동안이 눈에는 눈물이 더 맺혔다. 눈물이 맺혔지만, 눈물을 지우는 노력을 하는 동안이였다.

"동안아, 그리고 엄마가 실망할까봐, 엄마가 미워할까봐는 누구의 생각이야? 엄마가 진짜 동안이에게 실망스럽다, 미워한다는 말씀을 하신 적이 있어?"

"아니요, 없어요. 그런데 뭔가 그런 느낌을 종종 받았어요. 공부를 못하면 엄마가 실망하시다가 나를 미워할 것만 같은, 그런 느낌은 있었어요."

"좋아. 그건 너의 생각이야? 일어난 사실이야?"

"나의 생각이에요."

"그렇지, 너의 생각이지. 시험을 잘 못 치면 엄마가 실망할 수도 있고 안 할 수도 있고. 그건 지금의 동안이가 알 수 있어? 지금 시점에서 동안이가 미래를 알 수 있어?"

"알 수 없어요."

"그래, 동안아. 미래는 오직 모를 뿐이야. 그리고 공부는 누구 공부야? 엄마를 위한 공부야? 동안이를 위한 공부야?"

"저는 저를 위한 공부를 해요. 배우는 것이 재미있어요. 알아가는 것이 재미있어요."

"동안이는 아주 훌륭한 자세로 공부하고 있구나. 그리고 동안아, 혹시 엄마도 학부모반 독서동아리로 선생님 수업을 들으시니?"

"아니요."

"그래. 엄마가 선생님 수업을 좀 들었으면 좋을 텐데, 어쩔 수 없구나. 만일 엄마가 동안이에게 '시험 잘 못 보면 어쩔래?'

라든지 '성적 떨어지면 어쩔래?'라고 하시면 동안이는 알아차려야 한다. 속으로 생각해. 아직 초5라서 엄마에게 대응하여 이길 힘이 없을 수 있으니까, 대응하는 것보다 속으로 생각해. '엄마 그건 까봐예요. 까봐를 잡지 않을 거예요. 까봐를 나에게 묻히지 마세요. 나는 안 묻을 거예요.'라고. 엄마가 까봐를 하신다면 너는 속으로 알아차리고 그걸 잡으면 안 돼. 마음속으로 이야기해. 이야기하는 순간이 알아차림의 순간이야. 그러면 그 생각은 너의 생각이 되지 않아. 너는 너로 있을 수 있어. 부모님께 자세는 공손하게 하고 속으로 알아차리는 거야. 선생님 말 어려워?"

"아니요. 알아들었어요. 어렵지 않아요. 엄마가 그런 말 하시면 속으로 알아차릴게요. 엄마 말은 듣지만, 속으로는 안 들을게요. 자세는 공손히 할게요. 엄마는 말씀하실 수 있어요. 그러나 까봐만큼은 듣지 않을게요. 속으로 알아차릴 수 있어요. 더 이상 나에게 까봐가 묻게 놔두지 않을 거예요."

동안이는 꾹 참고 있던 눈물을 주르륵 흘렸다.

"동안아, 한 주 동안 '까봐'를 알아차리고 생각을 뻥 차는 연습을 해보자. 불안을 알아차리고 '야! 쓸데없어. 내 것이 아니야.'라면서 생각을 뻥 차버리는 연습을 하자. 할 수 있겠지?"

"네, 공부할 때 '까봐'가 올라오는지 알아차려볼게요. 그리고 공부에 방해가 되니까 쓸데없다며 뺑 찰게요. 내 생각이 아니라고 뺑 차고 공부에 집중해볼게요."

눈물을 참는 모습, 감정을 타지 않는 모습, 알아차리려 집중하는 모습, 담백하게 자신을 표현하는 모습으로 동안이는 나와의 대화에 임했다. 내 말을 충분히 이해하고 소화하려 했다.

동안이는 고개를 끄덕끄덕하더니 흘렸던 눈물을 쓰윽 닦으며 옷매무새를 바로잡았다. 그러곤 수업을 마치자마자 내 자리로 오더니 주머니에서 뭘 꺼내들었다. 기다란 림프관 모양의 별사탕이었다.

"선생님, 드세요…."

나는 동안이가 수줍게 내민 별사탕을 차마 먹을 수가 없었다. 이 아이가 오늘 자기 먹으려고 산 것일진대, 선생님에게 고맙다는 표현은 하고 싶었나 보다. 마음을 사탕으로 표현하며 준 것이기에 목이 메였다. 아마 죽는 날까지 먹지 못할 것 같다. 이제 이 사탕은 우리집 유물이 될 것이다. 지금도 그 사탕은 책상 위에 전시되어 있다. 마음이 쩡하고 눈물이 난다. 깨어있지 못하여, 무지하여, 우리가 묻혀놓은 이 사회에 덕지덕지 묻어 있는 '까봐' 때문에.

다음 주, 그 친구가 어떻게 변해 있을지 궁금하고 설레었다.

교실에 동안이가 나타나기를 기다렸다. 만나자마자 반가운 마음에 숨도 쉬지 않고 물었다.

"지난주 공부할 때 어땠어? 공부할 때 '까봐'가 올라왔어? 엄마가 불안을 이야기했어? 어땠어?"

동안이는 눈에 힘을 주더니 대답했다.

"선생님, 저 까봐를 알아차리니까 공부할 때 까봐가 오지 않았어요. 까봐를 알아차리고 잡지 않으니까 집중이 잘 되었어요. 공부가 잘 되었어요. 선생님, 저 공부 재미있어요. 이제 까봐 없어요. 까봐 안 할 거예요. 엄마도 불안을 이야기하진 않으셨어요. 근데 이제 이야기하셔도 괜찮아요. 제가 괜찮아져서 어떤 말도 괜찮아요. 알아차리는 것이 뭔지 알 수 있을 것 같아요."

얼마나 기특한지, 세상에 공부가 재미있다고까지 했다. '까봐'를 알아차렸다고 했다. 그것도 뭔지 알 것 같다고까지 했다. 콩알만 한 요 녀석이 얼마나 기특한지 모른다. 요 녀석을 보고 있자니 재미나기도 하고 신나기도 한다.

"그래, 이제부터는 마음이 어떤지도 알아차리고 어떤 생각을 하는지도 알아차리는 거야."

"네, 선생님. 알아차림 재미있어요. 감정이 일어나면 생각을 알아차리라고 하셨어요. 마음도 살피고 생각도 살필게요. 알아차리니까 편안해졌어요. 편안하니까 공부 집중이 더 잘 되었어요."

동안이는 반드시 나아질 것이고, 반드시 좋아질 것이고, 반드시 행복해질 것이다. 장담한다.

들킬까봐

몇 년 전부터 '가스라이팅'이라는 단어가 보편화되자, 많은 사람들에게 심리조정자들을 알아볼 수 있는 눈이 생겼다. 본인이 가스라이팅하고 있는지 또는 가스라이팅을 당하고 있는지를 성찰하는 각 개개인의 의식들이 성장한 것이다.

'가스라이팅' 단어가 보편화되기 전에는 심리조정자를 설명하는 것에 애를 먹었다. 자기중심적으로 상황이 돌아가지 않으면 화를 내며 상대를 탓하는 심리조정자 모습이 우리 안에는 다 존재한다. 다만 강도의 차이가 있을 뿐이다.

상담을 오시는 분들 중에는 '저 사람이 그렇게 했기 때문에 내가 기분 나쁘다, 내가 상처받았다.'고 주장하는 분들이 계신다. 피해자 심정으로 자신의 마음을 토로하지만 찬찬히 들어보면 자기중심적으로 상황이 돌아가지 않아서 화가 난 경우가 많다. 실제 피해조차 입지 않은 경우도 꽤나 있다. 다만 '기분 나쁘다'를 '상처받았다'라고 표현한 것이다.

밤 11시가 넘어서 다급한 전화벨이 울렸다. 지금이라도 상담을 받고 싶다고 했지만, 그건 좀 곤란하니 내일 아침 일찍 오시라고 했다. 24세 딸과 아버지가 싸우면서 부딪혀 밤새 응급실을 다녀온 모양이었다. 아버지는 시종일관 아내와 딸이 자신의 심기를 건드려서 화가 났다는 주장을 하셨다. 자신의 심기를 건드리지 않았다면 그만큼 화가 나지 않았을 거라고 주장했다. 아내와 딸의 잘못으로 자신이 상처받았다고 호소하며 격앙되어 소리를 높였다.

나는 그림책《으르렁 아빠》를 꺼내어 조심스러운 마음으로 읽어드렸다. 그림책 내용은 이렇다. 검은 늑대 으르렁 아빠를 동네 모든 동물들이 무서워한다. 으르렁 아빠가 잘 때, 늑대 가족들은 으르렁 아빠의 시커먼 장갑과 장화를 몰래 벗긴다. 으르렁 아빠는 벗겨진 장갑에 드러난 얼룩덜룩한 살들을 보며 누구에게도 들키고 싶지 않았던 자신의 진짜 모습을 보며 깜짝 놀란다. 온 마을을 돌아다니며 다시 자신을 시커먼 색으로 만들려 하지만, 결국은 검은색으로 만들지 못하고 집으로 되돌아온다. 하지만 알록달록한 모습을 가족은 반기며 서로 꼭 껴안으며 끝이 난다.

이 그림책을 잔잔한 호흡으로 천천히 읽어드렸다. 이 책의 하이라이트인 '숲속 괴물들이 이제는 자신을 무서워하지 않을 것 같아 겁이 나기 시작했지요. 항상 남에게 겁을 주다가 처음으로 무서움을 느낀 으르렁 늑대는 그런 자신이 부끄러워 집으로 향했어요.'라는 구절을 다시 꼼꼼히 한 글자씩 짚어가면서 낮은 목소리로 읽어드리고는 물어보았다.

"아버님, 이 문장이 어떠세요? 저는 으르렁 아빠가 마치 아버님 같은데요. 자신의 약한 모습, 열등한 모습, 취약한 모습이 '들킬까봐' 화를 내시는 것 같아요. 실은 자신의 이런 모습을 들키기 싫으시지요. 들킬 것 같으면 화부터 나시지요. 화를 내서 식구들이 자신을 무서워해야 한다고 생각하시는 것 같아요. 그래야 이들을 곁에 둘 수 있다고 생각하시는 것 같아요. 그들에게 들키고 싶지 않은 부분을 들키면 그들이 '떠날까봐' 두려우신 것 같아요. 으르렁 아빠처럼요. 어쩌면 식구들이 본인을 무서워하지 않을 것 같아, 이것이 가장 겁이 날 수 있을 것 같아요. 으르렁 아빠, 이 책 어떠셨어요?"

그날, 으르렁 아버님의 눈가가 붉게 차오르는 것을 보았다.

"맞습니다. 선생님, 이 책이 마치 제 책 같네요. 저를 대변하는 책 같네요. 이런 그림책이 다 있었군요. 나의 이야기네요. 으르렁 아빠와 제가 오버랩되는군요. 그런데 나의 열등한 부분을 보여도 되는 건가요? 나의 부족한 부분을 식구들에게 보여도 되는 건가요? 나의 부족한 부분을 특히 가족들에게 들킬까봐 겁이 납니다. 이런 말은 실은… 난생 처음 해보는 것 같습니다. 내 모습을 이렇게 마주하니 힘이 드는군요. 고통스럽군요. 이게 제 모습이라니요… 제 모습이군요."

옆에 계신 아내분에게 물었다.

"으르렁 늑대 아빠처럼 아버님의 취약한 부분, 부족한 부분, 열등한 부분을 보시면 어떨 것 같으세요?"

아내분은 얼굴빛을 반갑게 하며 말했다.

"난 오히려 이런 모습을 보고 싶었어요. 힘들다고, 어렵다고, 못하겠다고, 그렇게 말해주었으면 했어요. 내가 보기에는 열등감인데 소리 지르고 더 화를 내고 그래서 계속 오해했어요. 남편이 으르렁 아빠와 똑같네요. 이 사람이 이런 고백을 하리라고는 생각지도 못했어요. 들키기 싫어서 화를 냈다니요? 남편은 남편대로 힘들었겠어요. 으르렁 아빠 그림책을 보니 이해가 되는군요. 이런 고백을 하다니… 다행입니다. 정말 다행입니다. 그렇다면 이해할 수도 있을 것 같아요. 이해할 수 있

으니, 더 이상 저와 아이들에게 소리를 지르지 않았으면 좋겠
어요."

그림책 한 권이 한 사람, 한 가족을 살렸다. 한 번의 상담으
로 드라마틱한 결과가 나와서 기억에 오래 남는 사례다.

'가스라이팅'이라는 단어도 설명했다. 본인이 피해자이고
상대가 잘못한 줄 알았는데, 실은 모든 것이 자기중심성 때문
이라는 알아차림을 도왔다. 아무도 자신에게 상처 주지 않았
는데 내 뜻대로 되지 않아 분노장애까지 간 것이라고. 나 중심
적 사고로 일어난 것이지 상대 탓이 아니라는 말씀을 드리며
자기중심성을 알아차리고 내려놓는 연습을 하자는 말씀을 드
렸다. 권위주의적 틀을 깨며 자기중심성을 내려놓기가 쉽지
않을 텐데, 기꺼이 내려놓겠다고 하실 때는 대단하시다는 느
낌으로 뭉클했다.

아이들과 수업을 할 때 꼭 짚고 넘어가는 부분이 있다.

"여러분, 기분 나쁘다는 것은 '상처받았다'예요? 같은 말이
에요?"

그러면 대다수 아이가 이구동성으로 "네."라고 대답한다.

"자, 다시 묻습니다. '기분 나쁘다'라는 것과 '상처받은 것'은
같은 거예요? 완전히 같은 건가요?"

아이들이 고개를 갸우뚱하며 '어? 대답이 틀렸나?'라는 표정을 짓는다.

"자, 선생님 말에 잘 집중해주세요. 친구가 내 옆에 앉았으면 좋겠기에 '친구야, 내 옆에 앉아.'라고 말했는데 친구가 내 옆에 앉지 않았어요. 이때 기분 나쁘지요? 좀 서운하기도 하지요?"

"네!"

"그런데 이게 상처받은 거예요?"

'아니요.' 하는 아이들도 있고, '왜 기분 나쁘다와 상처받았다가 같지 않지?'라고 갸우뚱하는 아이들도 있다.

"나는 권유했고 친구는 '노'할 수 있어요? 없어요?"

"할 수 있어요."

"친구는 나에게 권유했지만 나는 '노'할 수 있어요? 없어요?"

"할 수 있어요."

"내가 권유했는데 친구는 '노'라고 할 수 있지요?"

"네."

"그런데 그게 '상처받았다!'예요?"

이제 몇몇은 끄덕거리고 몇몇은 아직도 애매한 표정으로 나를 쳐다본다.

"자, 다시, 더 자세히 설명해볼게요. 잘 들어주세요. 내가 친구에게 권유했는데 친구가 내 말대로 해주지 않으면 속상할 수 있어요. 기분 나쁠 수도 있어요. 그럴 수 있어요. 그러나 내 말대로 되지 않았다고 그걸 모두 상처받았다고 표현하는 것은 바람직하지 않아요. 기분 나쁠 때, 속상할 때 알아차리는 거예요. 내가 권유했는데 친구가 '노'라고 해서 기분 나쁜 것인지, 그걸 상처받았다고까지 생각하는지 알아차리세요. 속상하고 서운할 수는 있어요. 그러나 이것을 상처받았다고까지 표현하면 내가 피해자가 되어버리지요. 그리고 상대를 가해자로 만들어버려요. 하지만 이때 나는 피해자가 아니에요. 내 마음대로 세상이 돌아가지 않으면 속상할 수는 있지만, 내 마음대로 되지 않았다고 상처받은 것은 아니에요. 이제 무슨 말인지 알아들었지요?"

이제야 아이들은 "네. 네." 하며 알아듣는 표정을 짓는다.

"내 마음대로 되지 않았을 때는 기분 나쁘다, 속상하다, 서운하다 정도로 적당하게 표현하는 연습을 하는 거예요. 기분 나쁘면 상처받았다고 표현하는 습관을 고치는 거예요. 과잉으로 표현하는 습관을 고쳐보아요."

그러자 몇몇 아이들이 웅성거렸다.

"아까 그거 나 서운했어. 기분 나빴어. 근데 상처받은 건 아니야… 크크크."라며 서로 장난치며 웃는 모습들이 사랑스러웠다.

몰라서 그랬다. 몰라서 가스라이팅을 했고, 과잉으로 해석하고 과잉으로 받아들인 것이다. 어릴 때부터 적절한 표현들을 배워왔더라면 자기중심성 사고로 가스라이팅하는 언행은 덜 하지 않았을까? 하고 생각해본다.

십 수 년 동안 외우고 있는 시가 한 편 있다.
〈게슈탈트의 기도문〉이라는 시다.

나는 나
당신은 당신
나는 당신의 기대에 부응하기 위하여 이 땅에 태어나지 않았고
당신은 나의 기대에 부응하기 위하여 이 땅에 태어나지 않았다.
우리가 서로 이해하면 아름다운 일
그렇지 못하면 어쩔 수 없는 일
당신은 당신
나는 나

아플까봐

엄마들과 〈까봐카드〉로 워크숍을 하면, 주로 고르는 카드가
'아플까봐'이다. '아프면 아이들을 돌보지 못하고 계속 아프다
가 죽을까봐' 두렵다는 호소들을 한다. 그중 몇 개의 웃지 못할
사례들을 소개하려 한다. 만일 이 책을 읽는 독자가 엄마라면
마치 본인 사례와 같아 웃음을 지을지도 모르겠다.

A씨

아이가 아플 때보다 제가 아플 때 망상을 더 많이 하는 것
같아요. 아무래도 제가 아프면 아이를 돌볼 수가 없잖아요. 내
가 아프다 죽으면 아이들과 애들 아빠가 남아서 엄마 없이 힘

들게 살다가 애들 아빠가 도저히 혼자서 애들을 키우지 못하겠다면서 재혼할 것 같아요. 제 아이들을 잘 키운다고 약속한 새엄마는 자기 애를 낳자 마음이 변하고 우리 아이들을 구박하고 아이들은 방황하고 빗나가면서 엄마를 그리워할 것 같아요. 그럼 저는 죽은 후에도 마음이 아플 거예요. 아이들을 그리워하며 마음이 찢어지게 아프겠죠.

B씨

저는 '아플까봐' 두려움이 가장 큰 것 같아요. 내가 아프면 우리 아이는 누가 키우나 하는 두려움이 있어요. 내가 아프다가 죽으면 아이들과 남편은 제 친정엄마랑 살게 될 텐데, 늙고 아프신 친정엄마마저 돌아가시면 아이와 남편은 어떻게 해야 할까요? 아플 때가 가장 두려워요.

C씨

저는 사망보험을 들어놓았는데요. 내가 아파서 죽으면 친정아버지가 보험금을 갖고 내 아들은 모른 척하며 버릴 것만 같아요. 요 근래에 친정아버지가 소화기를 사와서 내 머리 위에 두셨는데, 제 사망보험금을 탐내어 나를 죽이려고 사오신 것만 같아요. 내가 아파서 죽으면 보험금을 탈 수 있으니까요. 아무래도 보험금에 욕심내시는 것 같아요.

D씨

아이가 아프면 불안해요. 아이가 아프면 학교를 못 갈 것이고 학교를 못 다니면 밥벌이를 못할 것이고, 그럼 밥벌이를 못하고 백수가 된 아이를 내가 책임져야 할까봐 두려워요. 나도 늙고 아플 텐데, 아이가 밥벌이를 못할까봐 불안해요.

'내가 아프다 죽고 아이를 돌봐줄 사람이 없어 남편은 새장가를 가고, 아이는 구박당하고 엄마를 그리워하며 물리적 학대의 고통 속에서 살 것만 같다. 나는 달님이 되어 새엄마의 학대를 지켜본다. 아이는 엄마를 그리워하며 밤마다 아빠 몰래 운다. 이런 아이를 달님이 되어 보면서 나도 운다. 남편이 새장가를 잘못 가서 아이가 불쌍해졌다면서 분하여 운다.'

이건 나의 망상 이야기다. 세상에 이렇게 슬픈 비련의 여주인공이 없다. 망상 속에서 분했다가 슬펐다가를 반복했다. 이렇게 울며 늦게 들어오는 남편을 원망의 마음으로 기다리곤 했다.

이러한 사례를 나누고는 다음과 같이 참여자들에게 되물었다.

"그때 나는 어디서 불안했던 겁니까? 어디서 울었던 겁니까? 나는 어디서 불행했던 겁니까? 나는 어디에 있었던 걸까요?"

몇 분은 눈가에 눈물이 맺히고 몇 분은 자신을 되돌아보는 듯 심각한 표정이 되곤 했다.

어느 날 한 분이 번쩍 손을 들더니 소감을 나누고 싶다며 다음과 같이 말씀하셨다.

"강사님, 이렇게 망상의 생각 나누기를 하니, 이런 표현은 좀 그렇지만, 조현병 환자와 제가 뭐가 다를까 싶네요. 그러고 보면 저는 환자였네요. 벌어지지도 않은 일에 대해 상상, 망상을 하고 그 안에서 울고 슬프고 화나고 그립고 더 나아가 사후 세계까지 시나리오를 써놓고 영화를 상영하고 있다는 것을 오늘에서야 알게 되었습니다. 암튼 병이 더 깊어지지 않게 해주셔서 감사합니다. 만일 오늘과 같은 수업이 없었더라면 저는 병이 더 깊어졌을 것만 같습니다. 더 질주했을 것 같아요. 하지만 이제 멈출 수 있을 것 같습니다. 생각을 알아차릴 수 있을 것 같아요. 이번 수업에서 가장 중요하게 기억해야 하는 것이 알아차림이었습니다. 감사합니다."

이렇게 소감을 나누자 다른 분들도 서로 손을 들면서 '망상 소설'을 이런 식으로 쓰고 있는 자신을 알게 해주어서 고맙다는 인사들을 덧붙이셨다.

며칠 전 유치원 교원 연수에서도 위와 같은 경험을 공유하며 망상에 대한 이야기를 나누었다. 연수를 마치자마자 한 선생님께서 달려오시더니 말했다.

"강사님, 오늘 사례 공유하신 것과 제 사례가 똑같습니다. 똑같이 제가 남편 때문에 힘들었습니다. 제가 곧 수술을 하게 되는데, 저는 매일 이런 생각에 빠져 있었습니다. 수술까지 너무 불안하고, 남편은 새장가를 갈 것 같고, 나를 잊어버릴 것 같고, 그는 새장가 가서 다른 여자와 알콩달콩 깨가 쏟아지게 잘살 것 같아 억울했습니다. 남편이 나를 힘들게 한다고 생각하고 그를 원망했습니다. 내가 어디서 슬펐던 걸까요? 왜 울었던 걸까요? 과연 내가 어디서 불안했던 걸까요? 저야말로 어디서 남편에 대한 원망으로 힘들었던 걸까요?

내 생각에 갇혀 남편을 원망했습니다. 남편은 그대로입니다. 오늘 강의로 제가 무엇이 잘못된 것인지를 알게 되었습니다. 뭔가 개안이 된 느낌입니다. 내가 만든 이야기라는 것을 알아차리니 개운해졌습니다. 시원해졌습니다. 알아차림의 중요성을 확실히 알았습니다. 이제 망상을 알아차리고 지금 내가 여기서 무엇을 해야 하는지를 생각해야겠습니다. 내 건강만 생각해야겠습니다. 이 생각만으로도 충분히 할 일이 많습니다. 그동안 많은 시간을 망상으로 허비했다는 것을 알았습니다. 남편에게 서운하고 원망할 시간에 서로 더 사랑해야겠습니다. 가족이 최고인데 말입니다."

상담이 아닌 교육으로 이렇게 놀라운 결과가 나올 때면 정말이지 이 일을 안 할 수가 없고 사명을 다하지 않을 수가 없다.

미래는 '오직 모를 뿐'이다. 상상(망상)의 이야기를 만들고 그 속에서 '아플까봐'로 불안하고 더 나아가 '죽을까봐'로 두렵기까지 하다. 사후 이야기까지 만들어서 남은 자들에 대한 애틋함, 그리움으로 마음이 아프다. 가까운 이가 사망보험금을 들고 튈까봐를 상상(망상)하면서 원망스럽고 화가 난다. 과연 우리는 어디서 아팠던 것일까? 어디서 두려웠던 것일까? 어디서 애틋했던 것이고 어디서 원망스러웠던 것일까?

이 모든 것들이 내가 만들어낸 망상의 이야기다. 벌어지지도 않은 망상을 하며 그 속에 갇혀 슬프고 울고 괴롭고 원망스럽다고 한다. 내가 만든 이야기라는 알아차림이 있으면 그 속에서 나올 수 있다. 그리고 지금-여기를 살아야 한다. 지금-여기에는 아무 일이 없다는 사유를 계속 하다 보면 망상의 생각 습관을 끊을 수 있다. 생각을 알아차리는 것, 생각을 관찰하는 것, 매 순간 연습을 하면 망상을 끊을 수 있다.

고통 속으로 들어가서 그것을 겪어내고 마침내 그것을 넘어서기 위해서는 고통을 올바로 해석할 필요가 있다. 고통스러울 때 고통스럽다고 말하는 본인의 생각을 노트에 적어본다. 본인의 고통을 올바르게 바라보는 연습을 해본다. 이 고통을 어떤 생각이 만들었는지를 면밀하게 찾아 분석해본다. '아플까봐'는 무의식적으로 '내가 아파서 죽는다면?'이라는 이야기를 자동으로 만들어내곤 한다. 이럴 땐 죽음을 받아들인다.

인간은 태어나면 다 죽는다. 내가 언제 죽는지 아무도 모른다. 그러나 반드시 죽는다. 내가 죽는 줄 아는 것. 이것에 대한 사유를 나는 죽음 명상을 통하여 적어도 하루에 3회 이상 사유하는 과정을 경험했다. 나는 아플 수 있다. 내가 먼저 죽을 수도 있다. 아이가 먼저 죽을 수도 있다. 배우자가 먼저 죽을 수도 있다. 왜 나에게는 고통이 오면 안 되는가? 왜 나는 행복해야만 하는가? 왜 나는 불행하면 안 되는가? 미래에 그런 고통이 일어나면 안 된다는 나의 강한 관념이 나를 힘겹게 하며 고통스럽게 한다.

나의 미래를 내가 어떻게 할 수 없다. 어떤 일이든 벌어질 것이다. 또는 어떤 일이 벌어졌으면 좋겠지만 안 벌어질 수도 있다. 사건, 사고가 없기를 바라는 마음, 미래에 희망만 있고 어둠이 없기를 바라는 마음, 있을 수 없는 환상을 바라는 욕심이지 않을까?

받아들임이 필요하다. 겸허하게 생로병사를 받아들이는 마음이 필요하다. 늙기 싫다고 몸부림칠수록, 아프기 싫다고 부정할수록, 죽기 싫다고 고개를 절레절레 흔들수록 그만큼 괴로운 것은 바로 자신이다.

'까봐'라는 망상에서 나오는 방법 중 하나, 받아들임이다. '내가 죽는 줄 아는 것'에 대한 사유, 죽음을 받아들이는 사유는 건강 염려증을 사라지게 하고 마음을 편안하게 한다. 그렇다고 건강을 부정하는 것이 아니다. 지금-여기에서 내가 할 수 있는 만큼에만 집중한다. 지금 내가 할 수 있는 일은 꾸준한 운동으로 건강을 관리하는 것이다. 늦은 밤 야식이나 과식을 하며 운동도 하지 않으면서 '아플까봐'를 걱정하는 것이 아니라, 내가 할 수 있는 것들을 조금씩 하면서 미래는 '오직 모를 뿐'이라며 망상 이야기를 생성하지 않는 것이다.

거절당할까 봐

    몇 년 전 상담센터 운영하는 분께서 컨설팅을 받고 싶다며 방문을 하셨다. 상담센터 운영이 힘들다면서 센터 문을 닫고 싶고 이제는 다 내려놓고 싶다는 호소였다. 강의 의뢰가 많이 들어오면 센터를 유지할 수 있겠는데, 그것도 좀처럼 늘지 않아 고민이라는 것이다. ○○기관 등에 제안서를 넣으면 강의를 맡겨줄 것 같은데, 제안서를 내지 못하겠다고 했다. 〈까봐 카드〉를 펼치고 어떤 '까봐'가 있는지를 알아보았다. '거절당할까봐'가 있어서 제안서를 못 넣고 있었다는 것을 알아차리셨다.

    "센터장님, 우리 목표는 제안서가 받아들여져야 한다는 것

132

이 아닙니다. 우리 목표는 '거절당해도 살아 있다. 아무렇지도 않다.'를 경험하는 것입니다. 내가 제안, 권유하는 것을 '거절당할까봐'를 더 깊게 들여다보면 '아무도 나를 거절하면 안 돼. 나를 환영해, 환영하지 않으면 가지 않을 거야. 거절당할 바에야 도전하지 않을 거야.'라는 미성숙한 자아가 똬리를 틀고 있습니다. 미성숙한 자아를 알아차리고 성장시켜봅시다."

그분은 벌써 다 알아들으시고 "용기랄 것도 없네요."라고 말씀하신다. 센터 문을 닫고 싶고 다 내려놓아야겠다고 생각했던 것은 망상과 미성숙한 자아가 일으킨 생각이라는 것을 알아차리셨다. 눈이 밝아지며 개안이 된 것 같고 마음이 가벼워졌다며 말씀하셨다.

"그 뭣이라꼬! 아무것도 아닌 걸 잡고 있었네요. 놓아집니다. 알아차리니까 놓아집니다. 그림자를 수면 위로 드러내 보이겠습니다. 망상이 내 인생의 주인공이 되지 않게 하겠습니다. 망상에게 자리를 내어주지 않겠습니다. 제안서를 낼 때, 습관적으로 떨릴 수도 있겠습니다. 이건 여태까지 내가 알아차리지 못하여 생긴 나의 책임입니다. 습관적으로 떠는 놈을 선택하지 않겠습니다. 나는 무엇으로 살았던 걸까요? 어린아이 같은 마음이었네요. 미성숙한 마음이었네요. 어린 자아로 살고 있었습니다. 내가 아닌 망상으로 살았습니다. 나로 살아야겠는데, 나는 나를 알까요? 나는 누구인가요?"

이렇게 알아차리신 센터장님으로부터 몇 주 후에 '시'에서 하는 지원사업에 서류를 내보았다는 전화를 받았다. 그리고 몇 주 후 다시 전화가 와서 지원사업에 떨어졌다고 하셨다.

"센터장님, 우리는 떨어질 수 있습니다. 왜 떨어졌는지 피드백해야 합니다. 담당자에게 전화를 걸어 무엇이 미흡해서 떨어졌는지를 알아봅시다. 분명 알려주실 겁니다."

그 뒤 담당자에게 전화를 하여 무엇이 부족했는지를 물어보니, 여태까지 이런 전화를 한 분이 없었다고 하면서 구체적으로 미흡했던 부분을 알려주셨다고 한다. 다음 연도에 센터장님은 미흡했던 서류를 보충하여 다시 지원사업에 서류를 넣었고, 이때는 통과되어 현재 사업을 잘하고 계신다. 이제는 '거절당할까봐'의 두려움을 '피드백을 받으면 된다.'는 생각으로 바꾸면서.

경력 단절 여성 고충을 상담해달라는 요청을 받고 일대일 상담을 한 적이 있다. 혜안씨의 고충은 '면접이 무섭다. 그래서 두 번 다시 면접을 못 보겠다.'였다.

혜안씨는 자리에 앉자마자 말했다.

"면접관에게 상처받았어요. 저는 앞으로 면접을 볼 수 없어요. 면접 보는 것이 떨리고 무서워요."

도대체 뭔 말인지 이해가 가지 않아 물었다.

"아니, 일면식도 없는 면접관이 처음 만난 사람에게 어떤 상처를 주었단 말인가요? 그 면접관은 처음 본 사람에게 무슨 말을 도대체 어떻게 한 거예요? 면접관이 뭐라고 했는데요?"

"저는 면접 보는 것이 무서워요. 앞으로 두 번 다시 면접을 볼 수 없을 것 같아요. 또 상처받을까봐 무서워요. 세상이 무서워요. 이런 곳에서 경력 단절이라며 뭘 배우게 하는 것도 싫어요. 자격증 같은 거 따는 것도 싫어요. 또 면접을 볼 것 아니에요? 이런 곳에 오고 싶지도 않았는데 오늘 상담을 해보라고 해서 온 거예요."

"다시 물어볼게요. 면접관이 뭐라고 했는데요?"

"세상이 무서워요. 면접관이 나를 떨어뜨렸어요. 나는 두 번 다시 취업을 위한 면접을 보는 것이 싫어요."

급기야 그녀는 울기 시작했다.

"음… 혜안씨, 다시 물어볼게요. 면접관이 대체 뭐라고 했기에 그렇게 상처가 되었어요? 면접관이 말한 대로 이야기해주세요."

"여기 회사에 지원하게 된 이유를 물었어요."

"면접이니까 당연히 회사에 지원한 연유를 물었겠네요. 그래서 뭐라고 대답했는데요?"

"놀면 뭐하냐고, 노는 것보다는 낫기에 일하러 나왔다고 했어요."

이어지는 혜안씨 답변을 종이 위에 메모하면서 들었다. 메모한 종이를 혜안씨에게 보여주었다.

"이거 한번 들여다보실까요? 금방 말씀하신 것을 제가 그대로 적은 거예요. 여기에 면접관이 상처를 준 말이 무엇이 있을까요?"

"음… 면접관이 상처를 준 말이 없네요. 제가 우선 말을 이상하게 했네요. 면접에서 이렇게 말하면 안 되는 거였어요."

"그러면 어떻게 말했으면 좋았을까요?"

"취직하러 가서 이렇게 말하는 게 아니었어요. 좀 더 정중하게 옷을 입고 머리도 좀 깔끔하게 하고 말을 이렇게 하는 게 아니었어요. 취업하고 싶다고 했어야 했어요. 취업하고 싶다는 의지를 보여주어야 했어요."

"맞습니다. 취업하는 의지를 보여주어야 했어요. 면접에서 떨어지면 속상합니다. 기분이 나쁠 수가 있어요. 그런데 기분 나쁘다와 상처받았다가 같은 말일까요?"

"같은 말인 줄 알았는데 같은 말이 아니군요."

"이제 기분이 어떠세요?"

"조금 나아졌습니다. 제가 나를 떨어뜨리면 안 된다고 생각했군요. 면접에 임한 제 자세가 잘못된 자세였습니다. 다음부터는 이런 식으로 면접을 해서는 안 되겠습니다. 이제 구분할 수 있겠습니다."

"다시 한 번 더 물어볼게요. 면접관이 혜안씨에게 상처를 주었나요? 면접에서 떨어진 것은 기분 나쁘고 속상할 수는 있어요. 그러나 이것이 상처인가요?"

"아, 음… 상처가 아니네요. 상처받은 것이 아니네요. 면접관이 저에게 상처주지 않았네요. 나를 면접에서 떨어뜨린 것에 제가 부끄러웠네요. 내가 예의 없이 말한 것은 생각하지 못했네요. 저는 셋째 딸로 언제나 예쁨받는 딸이었어요. 코로나 전의 직장에서도 사장님이 예뻐하셔서 면접 같은 것은 한 번도 본 적이 없었어요. 나를 예뻐해야 하는데, 예뻐하지 않아서 상처받았다고 한 것 같아요. 그런데 저는 지금도 어디를 가나 예쁨받았으면 좋겠어요. 거절당하는 것은 두려워요. 아직 덜 자란 어린아이 같은 모습이군요. 모두에게 예쁨받아야 한다고 생각하고 있었네요. 이 나이에 그럴 수 없는데, 막상 거절당하니까 괴로웠어요. 어린아이처럼 굴었네요. 면접에서 떨어진 것이 부끄러운 것이 아니라, 이렇게 아이 같은 내 모습이 부끄럽네요."

위 사례는 '거절당할까봐'라는 두려움에 대한 이야기지만, 조금 더 들여다보면 그 이면에는 '누구든 나를 거절하면 안 되고, 나는 어디서든 환영받아야 한다.'는 미성숙한 자기애적 에고가 있다. 모두가 나를 환영하고 거절하면 안 된다는 환상이 있다. 환상 속에 갇혀 누구에게든 거절받고 싶지 않은 어린 자아가 벌벌 떨고 있는 것이다.

나는 거절당할 수 있다. 나를 미워하는 사람이 있을 수 있다. 나를 싫어하는 사람이 있을 수 있다. 왜 나는 거절당하면 안 되는가? 왜 나는 미움받으면 안 되는가? '거절당할까봐'라는 두려움 아래 '아무도 나를 거절해서는 안 되고 나를 반겨야 한다.'는 환상적인 생각이 있는지 들여다볼 일이다. 모두가 나를 반겨야 한다는 환상의 사고가 '거절당할까봐'라는 망상을 만든다.

보호받지
못할까 봐

몇 년 전 광주에서 매주 고속버스를 타고 부산까지 와서 상담을 한 주안씨 이야기다. 왕복 6시간이나 걸리는 곳을 멀다 하지 않고 매 주말 성실하게 방문하셨는데, 일주일에 한 번 자신을 위한 시간을 내어 부산에 놀러온다는 마음으로 온다고 하셨다. 부산에 올 때는 어떤 것을 주제로 상담해야 하는지를 생각하는 시간이어서 좋고, 되돌아갈 때는 당일에 한 상담을 곱씹으며 자신을 들여다보는 시간이어서 소중하다 하셨다.

주안씨의 주 호소는 사회초년생의 까봐였다. 회사 일은 충분히 할 수 있겠는데, 회사 사람들인 상사와 동료, 특히 고객이

'화를 낼까봐' 소심하게 위축되는 본인이 싫고 그들이 무섭다는 것이었다.

〈까봐카드〉를 책상 위에 펼쳐 주안씨에게 와 닿는 카드를 고르고 싶은 만큼 골라보길 권했다. '야단맞을까봐'를 가장 먼저 고르면서, 고객들이 화를 내거나 하면 매우 불편한 감정이 올라오는데, 그때는 야단맞는 기분이 들며 공포스러움까지 느껴진다고 했다. '그러면 어떻게 되나요?'라는 '꼬리물기질문법'으로 주안씨의 내면 저 아래 묵혀 있는 감정까지 가보았다.

"주안씨, 야단맞으면 어떻게 되나요?"

"야단맞는 게 너무 싫습니다. 야단맞는 게 무섭습니다. 공포스러워요."

"주안씨, 공포스럽군요. 그러면 공포스러우면 어떻게 되나요?"

"공포… 공포스러운 것은, 아버지에게 야단을 많이 맞았어요. 제 아버지는 본인 기분에 맞지 않으면 그렇게 화를 내며 야단을 쳤습니다. 무엇인가 꼬투리를 잡아 야단쳤어요. 아버지는 탄 밥을 싫어하시는데, 엄마는 왜인지 그렇게 밥을 태우셨어요. 엄마도 왜 그렇게 아버지 심기를 불편하게 했는지 모르겠어요. 우리는 아버지 심기를 맞추어야만 했습니다. 아버지 심기가 틀어지면 아버지는 화를 내시고 본인 화에 취해 더 소리 지르다가 상을 뒤집고 집안 물건들을 던지고 손에 잡히는 대로 부수거나 때리거나 했어요. 그리고 아버지는 나를 곧 때렸습니다."

"아버지가 주안씨를 때리면 어떻게 되나요?"

"나는 아무 저항을 할 수 없습니다. 말대꾸라도 한 날은 더 때립니다. 저는 그저 맞습니다. 계속 맞고 맞습니다."

"계속 맞으면 어떻게 되나요?"

"아버지가 기분이 안 풀려 계속 때리면 저는… 저는… 아버지 손에 맞아 죽을지도 모르겠습니다."

"아, 맞아 죽는다까지 내려가는군요."

"네… 맞아 죽습니다. 아, 맞아 죽습니다. 내가 맞는 동안 주위에서 아무도 나를 도와주질 않습니다. 모두 안 맞으려고 숨었어요. 엄마도 어디로 도망가셨어요. 나만 남아서 아버지에게 맞은 것 같아요. 엄청 무섭고 외로워요. 이 외로움이 너무 싫어요. 이 외로움이 공포스러울 만큼 싫습니다. 나의 외로움은 맞아 죽을까봐와 연결되어 있네요. 그래서 그렇게 외로운 것이 끔찍스러울 만큼 싫었나 봅니다. 외로운 것이 싫어서 사람들을 찾아다녔어요.

저는 사람들이 좋아요. 다가가고 싶은데, 그런데 좀 무서워요. 아이러니하게도 사람들 사이에 끼고 싶으면서도 그 사람들이 나를 버릴까봐 무섭고 뭐라고 할까봐 무서워요. 직장에서도 사람들 눈치를 보고 그들 기분을 살피고 그들이 나를 어떻게 할 것 같아서 무서운 것 같아요. 그들이 나를 야단치고 윽박지르면 난 죽을 것 같은 공포감에 휩싸여버리는 것 같아요. 그들이 나를 좀 보호해주었으면 좋겠어요.

그들은 나에게 아버지였던 것 같아요. 무서운 아버지가 되어 나를 죽일 것만 같은데, 그들이 나의 아버지가 되어 나를 보호해주는 사람이 되기를 바라는 것 같아요. 그들이 나를 야단칠까봐 두렵고 나를 버릴까봐 두려워요. 나는 보호받고 싶습니다. 맞아요. 나는 보호받고 싶은 거였군요. '보호받지 못할까봐' 두려웠던 거예요. 보호받고 싶은 내가 있었군요."

'보호받지 못할까봐' 카드를 손으로 만지작거리면서 그녀는 담담하게 자기 고백을 이어나갔다.

"주안씨, 이제부터 보호받고 싶어 하는 그 아이를 성인이 된 내가 보듬어줍시다. 내가 그 아이를 보호해주고 따뜻하게 보듬어주며 위로하고 응원해줍시다. 리틀 주안이의 따뜻하고 수용적인 부모가 되어주세요. 리틀 주안이를 위험으로부터 보호해주는 부모가 되어 도란도란 미주알고주알 이야기 나누는 친

142

구가 되어주세요. 이제 리틀 주안이의 가장 친한 친구가 되어
주세요."

○○남자고등학교의 위클래스 선생님으로부터 집단상담을
해달라는 부탁을 받고 집단상담을 했을 때의 이야기다. '과연
남고 남학생들, 아이들 마음을 읽어주며 집단으로 상담을 할
수 있을까?'라는 생각에 자신이 없었다. 게다가 십여 명 되는
남자 아이들 중에는 유독 고개를 들지 않고 누구하고도 말을
섞지 않으며 어깨가 축 처진 고1 남안이가 있었다.

남안이 목소리를 듣는 것은 어려운 일이었다. 쉬는 시간에
위클래스 담당 선생님께 원래 남안이가 말이 없냐고 물었다.
남안이는 말을 잘 안 하는 친구이고 하루종일 한마디도 안 할
때가 많다는 이야기를 들었다. 그나마 다른 친구들은 활동에
잘 참가하여 아이들 마음을 읽어주며 같이 공감할 수 있었는
데, 어찌되었든 남안이 이야기를 들어야만 다음 상담으로 이
어지는데 하면서 몇 회기나 힘겹게 진행을 했다.

계속 남안이가 신경쓰였다. 몇 회기 동안 여러 활동지 등을
하면서 남안이 말을 들으려 애를 쓰다가, 혹시나 〈까봐카드〉로
활동해보면 남안이의 한마디를 들을 수 있지 않을까 하여 〈까
봐카드〉를 챙겨갔다. 4개의 소집단으로 나누어 〈까봐카드〉를

책상 위에 펼쳤다. 여느 때와 같이 와닿는 카드를 고르게 했다. 그런데 남안이가 평소와 다르게 한번에 '보호받지 못할까봐'를 골랐다. 여느 때와 같이 고른 카드에 대해 나누기를 하는데, 그날은 바로 입을 열었다. 말문을 열고는 머뭇거리면서도 끝까지 자신의 이야기를 목이 메는 듯 떨리는 목소리로 했다. 눈가는 붉게 충혈되어 중얼거리는 말투였지만, 또렷이 들을 수 있었다.

"저… 아무래도 우리집에 학대가 있는 것 같아요. 엄마가 자주 저를 때려요. '보호받지 못할까봐'라는 카드를 보니, 내 이야기 같네요. 엄마로부터 누가 나를 보호해주었으면 좋겠어요. 무서워요."

몇 회기 동안 처음 듣는 남안이 목소리였다. '예, 아니오.'도 고개를 끄덕이는 정도로 말하던 남안이였는데, 갑자기 남안이의 울먹이는 목소리를 듣자, 위클래스 선생님도 나도 남안이와 함께 공명하며 울 수밖에 없었다. 쉬는 시간에 위클래스 선생님과 잠시 대화를 나누었다. 평소 위클래스에 와서 거의 살다시피 하는 아이인데, 자신의 말을 할 줄 모르는 게 아닐까, 남안이가 혹시 가정에서 물리적 폭력 또는 언어적 학대를 당하는 게 아닐까 추정하면서 상담을 했다고 한다. 하지만 워낙 말수가 없어서 위클래스에서 남안이와의 상담에 애를 먹고 있는 중이었다고 했다.

"강사님, 까봐카드가 없었으면 어떻게 이런 표현을 하게 할 수 있었겠어요. 아무리 물어봐도 대답하지 않는 아이여서 그저 추정만 하고 있었지요. 여러 가지 경우의 수를 생각하고 있어야 하니까요. 그런데 오늘 '보호받지 못할까봐'를 고르면서 자신의 사정을 이야기하다니요? 이제 무엇이 문제인 줄 알게 되었으니, 그 아이를 도울 방법이 분명 있을 겁니다. 담임선생님과도 이야기하고 학부모와도 깊은 상담을 해보아야 할 것 같습니다. 만일 대화가 잘 안 되면 아이가 원하는 대로, 만에 하나인 행정 절차까지도 준비해두어야겠습니다."

말수가 없는 남안이는 그동안 무엇이 불편한 감정인지를 자신의 언어로 이야기하지 못했었다. 그러다 '보호받지 못할까봐'라는 카드의 글자를 보자, 본인과 동일시할 수 있게 되었던 것 같다. 그날 나는 여기까지만 역동이 일어남을 도울 수 있었다. 그 뒤의 상담은 위클래스 선생님께서 담당하기로 하면서.

몇 달 후, 위클래스 선생님으로부터 남안이 엄마와 많은 시간을 상담했고 남안이 엄마가 깊은 반성을 하면서 가정 내의 폭력은 사라졌다는 소식을 전화기 너머로 전해들을 수 있었다.

한번은 △△남자고등학교에 집단상담을 하러 간 적이 있는데, 이 학교는 기숙사가 있는 학교였다. 집단상담에 참가할 친구들은 심리검사에서 고위험군 판정을 받은 아이들이라면서 상담을 의뢰해왔다. 역시나 긴장된 마음으로 아이들을 만나러 갔다. 너무 잘하려고 애쓰면 안 된다고 스스로에게 최면을 걸며 힘 빼야 한다고 스스로를 다독이며 위클래스 교실 문을 열고 들어갔다.

첫 회기에 라포를 형성하고자 《빨간 나무》라는 그림책을 읽어주었다. 나의 어린 시절 아픔과 결핍에 대한 이야기를 들려주는 느낌으로 그림책 그림을 보며 한 장 한 장 집중하여 읽어주었다. 이 그림책 내용은 절망밖에 보이지 않는 날들, 모든 것이 점점 나빠지기만 하고, 아무도 날 이해하지 않고, 아름다운 것들은 그냥 지나쳐가고 끔찍한 운명은 피할 수 없을 것만 같은 그런 날들에 대한 이야기다. 아픔과 슬픔이 마치 영원할 것만 같은 그런 날들, 하지만 아무리 사납게 몰아치는 폭풍우도 언젠가는 파란 하늘에 밝게 빛나는 태양과 마주하며 사그라지듯, 절망 속에서도 피어나는 희망을 드라마틱한 그림으로 전하는 내용이다.

이 책의 마지막 부분처럼 나도 희망을 잡고 살았더니, 지금 여기 여러분들 앞에서 이런 그림책을 읽어주며 집단상담을 하고 있다는 이야기를 전해주었다. 그러곤 바로 연이어 〈까봐카드〉를 책상 위에 펼치며 아이들에게 와닿는 카드를 고르게 했다. 마침 쉬는 시간 종이 울렸고, 잠시 쉬면서 천천히 카드를 들여다보아도 좋고 쉬어도 좋다는 말을 하는데, 적당한 살집에 상냥한 미소를 지닌 도안이라는 남학생이 내 자리로 오면서 말했다.

"선생님, 저《빨간 나무》그림책 맨 끝에 나오는 장면, 사진으로 찍어도 되나요? 좀 소장하고 싶어요. 마지막 그림을 보니까 저도 희망을 가져야겠다는 생각이 들었어요. 좀 전에 〈까봐 카드〉 보았는데요, 저는 '보호받지 못할까봐'가 가장 먼저 눈에 들어왔어요. 사실은요, 저는 엄마 아빠가 몇 년 전 이혼해서 그 후 아빠랑 살았어요. 근데 아빠가 재혼하면서 새엄마가 집에 들어오고 아무래도 제가 방해가 된 것 같아요. 맨날 나 때문에 싸우셨어요. 나를 친엄마에게 보내라, 할머니에게 보내라 하며 두 분이 자주 싸우셨어요. 근데 이 학교에 기숙사가 있다는 걸 아빠가 알고는 저를 이 학교에 버린 것 같아요. 주말에 친구들은 다 집에 가는데, 저는 주말에도 집에 가질 못해요. 아빠는 새엄마랑 살아야 하니까요. 내가 방해되는 것 같아서 주말에도 집에 가질 못하겠어요. 기숙사가 있는 이 학교가 딱이지요.

오늘 선생님이 읽어주신《빨간 나무》와 선생님의 어린 시절 이야기가 딱 저와 똑같은 이야기네요. 저와 같은 기분의 사람을 만나서 위안이 되는 것 같아요. 저, 사실은 매일 많이 죽고 싶었거든요. 그런데 오늘 이 그림책을 보니, 희망이라는 것이 있네요. 저도 선생님처럼, 이 책처럼 희망이라는 것을 가지고 살아볼래요. 저 2학년이니까, 앞으로 1년만 더 참으면 되어요. 참아볼게요. 맨 마지막 장 그림을 사진으로 찍었으니까, 이거 보면서 남은 1년을 희망으로 참아볼게요."

눈시울을 붉히며 눈에 눈물을 가득 머금고 처음 보는 나에게 조곤조곤 차분히 자신의 이야기를 하는 도안이의 말에 가슴이 미어지는 듯했다. 한 권의 그림책, 한 장의 카드가 도안이를 알아차리게 하고 희망이라는 걸 주는 매개체가 되었다는 것이 참 다행한 일이라는 생각을 하며 말했다.

"그래, 도안아. 나쁜 생각하면 절대 안 돼. 네 말대로 1년만 참자. 혹시 그 안에 나쁜 생각이 들면 언제든 선생님한테 전화해야 해. 외워, 도안아. 나쁜 생각이 올라오면 선생님한테 전화한다. 기억해야 해."

그리고 도안이 휴대폰에 내 전화번호를 찍어주었다. 그 후 도안이로부터 서너 번 전화가 왔다. 살고 싶지 않을 때 살려고 전화한 것이라는데 그럴 때마다 견디자는 말만 전해줄 뿐이었다. 삶을 놓아버리지 않는 가느다란 실선 같은 역할 정도만 해줄 뿐이었다. 그렇게 몇 번의 전화와 그저 묵묵히 들어주며 견디자는 말, 힘이 될지도 의문이었던 작은 응원들. 전화가 뜸하면 어찌 사는지 안부 문자 정도를 남기며, 도안이는 고3을 겨우 넘겼다.

그 후 약 2년 뒤 도안이에게서 센터에 한번 놀러가도 되냐는 연락이 왔다. 한 손에는 붕어빵을, 한 손에는 두루마리 휴지를 들고 사무실로 들어오는 도안이의 미소는 여전히 상냥했다. 학교를 졸업하자마자 바로 독립하여 고시원에서 살면서 보금자리를 마련하기 위해 닥치는 대로 일을 하며 대학 갈 등록금도 마련하고 있다고 했다. 홀로 서는 준비를 차곡차곡 하며 스스로를 지키는 도안이 모습에서 나의 과거를 만났다. 내가 만일 저 나이에 홀로서기를 각오했더라면, 내 인생을 내가 책임졌더라면. 자신을 책임지는 도안이 모습에서 과거의 내가 위로받는 듯했다. 도안이처럼 살지 못했던 나의 과거를 도안이를 통해 이루는 듯했다. 그날 붕어빵은 어찌나 달던지.

주안씨, 남안이, 도안이의 '보호받지 못할까봐'는 나의 '까봐'였고 나의 아픔이었다. 아무도 나를 보호해주는 사람이 없었다. 엄마가 맞을 때 내가 그녀를 보호해야 했고 내가 맞을 때는 이미 그녀는 먼저 맞아 쓰러져 있었다. 맞기 싫어서, 야단맞는 것이 무서워서 잘못했다며 손이 발이 되게 빌고 또 빌었고, 그 누구도 나를 보호해주지 못했다. 보호받지 못했던 결핍이 '보호받지 못할까봐'라는 두려움을 만들었다. 이들과 나의 '보호받지 못할까봐'는 '버림받을까봐'로, '버림받을까봐'는 '죽을까봐'로 이어져 있었다.

이 무의식적 생각의 흐름에 따라 불안은 더한 불안인 두려움으로, 두려움은 죽을 것 같은 공포의 감정으로 이어져 불편한 감정이 더 깊어지게 된다. 주안씨처럼 과거의 경험이 현실의 어떤 자극에 민감하게 반응하며 망상으로 가버리는 것이다.

트라우마란 이런 것이다. 지금-여기에서 벌어진 일을 있는 그대로 해석하지 못한다. 본인의 과거 경험을 현실로 가지고 와서 그 순간 과거에 갇혀버린다. 실상의 내 아버지는 이미 돌아가셨음에도 불구하고 야단맞을 것 같은 상황이 되면, 불안은 시속 750km로 돌아간다. 미처 못 알아차리는 망상의 생각 속에 갇혀 불안, 두려움, 공포라는 감정에 잠식당해버린다.

알아차리지 못한 불안은 이런 일이 있을 때마다 무의식적으로 생각하고 생각하며 망상의 생각을 강화해버렸다. 보호받지 못하여 만든 이야기는 무서움으로 생생해진다. 이것이 트라우마다. 마치 일어날 것만 같은 불안. 이것을 망상소설이니까 어서 깨어나라고 어찌 말할 수 있겠는가? 그들의 아픔, 나의 아품을 먼저 위로해주어야 한다.

〈까봐카드〉 워크숍에서는 '보호받지 못할까봐'를 고르는 친구들에게는 혹시나 언어적, 물리적 학대가 있는지를 추정하며 상담에 임하시기를 당부한다.

비난받을까봐

깔끔한 슈트와 짙은 향수 내음을 풍기며 센터 문을 열고 젠틀한 경철씨가 들어왔다. 경철씨는 아내가 우울증에 걸린 것 같다면서 그녀를 돕고 싶다고 부부상담을 원했다. 주 호소는 본인이 바람을 피워 아내에게 들켰는데, 아내가 한 번씩 자신을 몰아세워 힘들다는 것이었다. 계속 자신이 힘들고 아내를 돕고 싶다는 말들을 반복하더니, 몇 회기 만에 드디어 아내분과 함께 오셨다.

아내분은 매우 경직된 자세로 본인이 왜 이곳에 있어야 하는지 모르겠다는 방어적 태도를 보였다. 남편분의 심정을 조심스럽게 건네고는 아내분 마음이 열리기를 기다리며 〈까봐

카드〉를 보여드렸다. 아내분은 '이혼할까봐'를 선택했지만, 이혼에 관해서는 비교적 담담하게 받아들이고 있었다. 연이어 경철씨는 '버림받을까봐'를 고르고는 말했다.

"저는 아내에게 '버림받을까봐'가 있습니다. 저는 가정을 지키고 싶습니다. 아내가 저를 용서해주기를 바랍니다. 아내가 저를 버릴까봐 두렵고 불안한 것 같아요. 그런데 아내가 갑작스럽게 화를 내며 나를 몰아세우면 견딜 수 없는 화가 올라오고 저도 이혼이 결론이라는 생각을 하게 됩니다. 너무 힘들어요. 나도 미안하고 죄인 같은데 한 번씩 폭발하면 다 뒤집고 싶고 다 때려치우고 싶어요."

그러자 아내분이 언성을 높였다.

"나를 이곳에 왜 데리고 왔어? 내가 정신병자야? 내가 무슨 상담을 받아야 해? 결국은 당신이 괴롭고 싶지 않다는 거잖아. 나보고 조용히 하고 당신을 이해하라는 거잖아. 그러면 나는? 당신 배신으로 아프고 힘든 내 마음은?"

말을 마친 그녀는 센터 문을 박차고 나가버렸다.

경철씨는 다시 자신의 괴로움을 호소했다. 계속 미안하다고 하는 것에도 한계가 있고 한 번씩 아내가 폭발할 때 견딜 수 없이 괴롭다는 말을 되풀이할 뿐이었다. 언제까지 사과해야 하는지를 물었다. 그리고 사과했음에도 아내가 또 이야기를 <u>끄</u>

집어내어 본인을 괴롭힌다는 말, 그녀가 멈추기를 바란다는 본심을 표현했다. 그는 버림받는 것이 두려운 것이 아니라, 아내가 자신의 잘못을 들추어내는 것이 불편하고 자신을 궁지에 모는 그녀에게 화가 난 것이었다.

"경철씨, 본인이 진심으로 반성하는 모습을 아내분에게 보여준 적이 있었나요? 그저 그 건이 수면 위에 올라오지 않기만을 바라지는 않았나요? 제가 보기에 경철씨는 아내가 자신을 안 괴롭히게 만들어달라고 상담을 오신 듯합니다만, 저는 경철씨가 원하는 대로 그렇게 해드릴 수 없습니다. 경철씨 스스로가 반성의 긴 터널을 지나야 한다는 각오가 우선인 것이지, 아내분이 화나지 않게 하기 위해 부부상담을 하는 것은 바람직해 보이지 않습니다.

'나는 바람피웠고 너는 그것을 알았고 이제 어쩔 수 없으니, 너는 조용히 하고 더 이상 이것으로 나를 화나게 하지 말라.'는 것이 경철씨의 속뜻 아닌가요? 자기중심적인 생각이라고 볼 수 있습니다. 경철씨는 '버림받을까봐'를 고르면서 본인이 아내에게 버림받고 싶지 않다며 불안을 호소했지만, 저는 그것이 '비난받을까봐'의 불안이 둔갑한 불안이라고 봅니다. 사실은 불안하지 않고 자기중심적으로 상황이 돌아가지 않아 화가 난 것이지요. 어떠신가요? 경철씨."

경철씨는 아무 말도 하지 않고 책상 위만 바라볼 뿐이었다. 다음 회기 상담을 약속하고 스캇 펙의 《거짓의 사람들》을 빌려드렸다. 경철씨는 다음 회기에 센터에 나타나지 않았고 빌려준 책은 되돌려받지 못했다.

그날은 장마로 끝도 보이지 않을 만큼의 비가 오는 날이었다. 세영씨는 세련된 우산을 접으며 살짝 비에 젖은 머리카락을 털면서 센터 안을 위아래, 좌우로 훑어보다 뭔가 불편한 표정을 지으며 자리에 앉았다. 위에서 짓누르는 듯한 분위기를 연출할 줄 아는 사람 같았다. 자리에 앉자마자 그녀는 냅다 시아버지 욕부터 시작했다. 주 호소는 시댁과 남편에 대한 것이었다. 92평 아파트에 시아버지와 함께 사는데, 남편이 분가하기 위한 노력을 하지 않고 무기력하여 본인이 힘들다는 것이다. 그러고는 사실 상담은 남편이 받아야 하는데 본인이 왔다면서, 본인 발로 와놓고는 왜 본인이 왔는지 모르겠다는 불만을 표했다. 시아버지에게 분가해달라는 말씀을 드리면 화를 내며 비난할 것 같은 불안이 있다고 했다. 이렇게 자신을 불안하게 만드는 시아버지가 밉고 남편이 원망스럽다는 것이다.

"세영씨, 그 집은 누구 집인가요? 결혼할 때 집에 관해서는 어떤 이야기가 오고갔나요?"

"92평이라는 말에 결혼했어요. 당연히 우리집이 되는 줄 알았지요. 결혼하면 시아버님이 나가실 줄 알았어요."

"92평 아파트면 상당히 넓을 텐데, 시아버님은 어느 방을 쓰시고 일상에서 시아버님과 마주칠 일들은 얼마나 있나요?"

"시아버지는 현관 앞 방을 쓰시고 그 방에도 작은 주방과 화장실이 따로 있어서 특별히 부딪히거나 할 일은 없지만, 함께 산다는 것이 얼마나 힘든 줄 아세요? 분가하자고 남편이 시아버지께 말도 못하고, 말하면 화낼 것 같고, 내가 얼마나 힘든 줄 몰라요. 저 말고 남편이 상담을 받아야 해요. 일단 오늘은 제가 왔지만, 다음 상담부터는 남편이 오도록 할게요. 내 문제가 아니라, 이건 남편이 해결해야 할 문제거든요. 남편의 무능력이 문제예요."

그녀가 말하는 분가는 시아버지가 그 집을 나가야 한다는 의미였다.

드디어 다음 상담에 남편분이 오셨고, 세영씨는 남편인 재안씨를 인수인계하듯 하고는 바쁜 약속이 있다면서 뒤도 돌아보지 않고 나갔다. 남편 재안씨는 까봐카드 중 '비난받을까봐'를 고르며, 아내로부터의 비난이 겁나고 무섭다는 호소를 했다. 가스라이팅이라는 단어가 보편화되지 않던 시절이라 재안씨에게 조심스럽게 크리스텔 프티콜랭의《굿바이 심리조정자》라는 책을 권유하여 읽어보라 했다. 그러자 재안씨는 본인 가정에 무엇이 문제였는지를 점점 명확하게 알아갔으며, 이후 가정에서 중심을 잡는 역할에 집중하는 상담을 했다. 아내가 자기중심적인 생각을 내려놓지 못한다면 이혼도 불사하겠다는 의지를 다지며 가스라이팅한 아내로부터 자신을 지키기 시작했다.

아내인 세영씨는 자기 마음대로 남편을 조정하고 싶었지만 뜻대로 되지 않자 화가 난 것이었다. '비난받을까봐' 불안하다는 그녀의 거짓된 호소는 아내를 지켜주지 못하는 남편을 가해자로 만들었다. 마치 시집살이가 힘든 듯 모든 고통이 그들로부터 왔다는 가스라이팅의 전형적인 사례였다. 상담사조차 그녀의 편이 되어주기를 바라는 자기애성이 둔갑한 불안이었다.

몇 달 뒤에 광안리 해변가를 걷다가 핫도그집에 들렀는데 우연히 재안씨를 만났다. 그는 반갑게 활짝 웃으며 이제 가정의 기강을 바로잡았다며 어깨를 늠름하게 펼치더니, 상담을 받지 않았다면 심리조정자가 무엇인지도 몰랐을 것이라고 했다.

"아내가 먼저 선생님을 만나서 나를 끌고 가지 않았더라면, 아직도 저는 무능한 남편으로 자괴감에 빠져 살았을 것입니다. 저를 깨어나게 해주셔서 감사합니다."

그러곤 핫도그를 세 상자나 안겨주었다.

한 달에 한 번 재능기부봉사로 책모임을 할 때였다. 책모임 스텝으로 자잘한 일들을 도와주는 이안씨가 상담을 요청했다. 그녀는 프리랜서로 밤늦게까지 일하는 경우가 많아 불규칙한 식사와 야식으로 비만한 몸이 되었는데, 세상 사람들이 자신을 뚱뚱하다고 비난하는 것 같아 두렵다는 것이다.

"선생님, 제가 길을 걸어가면 사람들이 수군대며 비웃고 비난하는 것 같아요. 솔직히 비난받을까봐 두려워요. 그래서 사람들 많은 곳을 다니는 것이 꺼림칙해요."

"그러면 살을 빼는 식단을 만들어 먹고 운동을 하면 어때요?"

"살은 빼고 싶지만 먹는 것은 포기할 수 없어요. 운동도 귀찮아요."

"그러면 사람들이 뭐라고 하든 당당해지는 연습을 해봅시다."

"살찐 사람이 어떻게 당당할 수 있겠어요?"

"그러면 먹는 양을 줄이고 운동을 해봅시다."

"배고픔을 참을 수가 없어요."

"음… 이안씨, 두 마리 토끼를 동시에 잡을 수는 없어요. '뚱뚱하면 어때.'라는 마인드를 장착하는 상담을 하든, 아니면 다이어트를 하든, 둘 중 하나를 선택해야 상담 목표가 정해져요.

158

한번 본인을 잘 들여다봅시다. 지금 이안씨는 갈등하는 상태에 계속 머물러 있으면서 사람들이 비난할까봐 두려워하는 것 같네요."

"갈등하는 상태에 머물러 있다? 어? 그렇네요. 맞아요. 어쩌면 저는 갈등 속에만 있고 싶은지도 모르겠어요. 맞네요, 맞아요. 갈등만 하며 괴롭다고 한 것 같아요. 어떤 선택도 하려고 하질 않네요. 제가 갈등을 즐기는 걸까요?"

"어떤 것 같아요? 이안씨가 더 들여다보세요."

"갈등을 즐긴다? 어? 내가 갈등을 즐긴다? 그런 것 같기도 해요. 아니 즐기네요."

"왜 즐기지요? 무엇을 위해서 즐긴다고 생각해요?"

"고민하지 않으면 그거 죽은 인간이지 않나요? 고민하는 게 생각하는 거 아닌가요? 데카르트가 그랬잖아요. '나는 생각한다, 고로 존재한다.' 생각해야 내가 존재하지요. 나는 생각한 거예요. 고민하는 생각을 해야 존재하는 것 같아요. 고민이 없으면, 생각하지 않으면 심심해요. 심심하면 나는 없는 것 같아요. 심심한 것이 싫어요. 갈등하는 것이 나에게는 계속 고민하는 것이고 고뇌하는 것이니까요. 그러면서 살아 있는 것 같아요. 선택하면 꼭 그걸 해야만 하니 힘들잖아요. 움직여야 하고 절제해야 하고. 그럼 재미도 없고 사는 낙이 없어 살아갈 이유가 없어지잖아요."

이렇게 자기보기가 잘 되던 이안씨는 다음 상담에서 말했다.

"선생님, 저 왜 '비난받을까봐'가 두려운지를 찾았어요. 오, 놀라워요. 내 안에 이런 것이 있다니요. 사실 저는 스스로를 예쁘고 사랑스러운 사람이라고 생각해요. 그런데 사람들이 나를 살쪘다며 눈도 마주치지 않고 피하는 것이 불쾌했어요. 예쁜 나를 알아보지 못한 그들은 바보예요. 그들이 나를 비난하는 것이 아니라, 내가 먼저 그들을 바보라고 비난했어요. 내가 모든 사람들을 비난해놓고는 내가 비난받았다고 감정을 둔갑시켰어요. 그들을 내가 무시했어요. 예쁘고 사랑스러운 나를 못 알아본다는 이유로요. 이거 자기애성 아니에요? 내 안에 이런 자기애성이 있는지를 찾고 얼마나 놀랐는지 몰라요. 들여다보기 재밌네요. 다음 회기까지 또 뭐가 있는지를 들여다보고 찾아올게요."

이안씨는 다이어트를 선택했고, 2년에 걸쳐 다이어트에 성공했다.

자기 마음대로 상황이 되기를 바라는 마음에서 '비난받을까봐' 불안하다고 하는 이들의 불안은 둔갑한 불안이다. 불안으로 가장한 자기중심적인 자기애성이다. 경철씨와 세영씨처럼 자기애성이 들통나면 상담을 오지 않는 경우가 있다. 그러나 이안씨처럼 자기애성을 보고하면서 하나씩 개선되는 분들이 훨씬 많다. 후자로 사는 것이 훨씬 편안한 것은 말해서 무엇하겠나.

'나'는 어찌하여 불안했던 것일까?

'나'는 어디에서 괴로웠던 것일까?

'나'는 무엇으로 괴로웠던 것일까?

'나'라고 하는 이놈은 누군가? 이놈이 '나'란 말인가?

뭣도 모르고 떠들며 시끄러운 이놈을 잡아야겠다.

이제 가짜인 이놈을 잡아서 없애야겠다.

3장

알아차린
불안 잠재우는
10가지 방법

불안에
이름 붙이기

사자를 사자라고 이름 붙이기 전에는 사자는 막연히 두려운 동물이었다고 한다. 사자를 사자로 이름 붙이자, 사자는 더 이상 막연히 두려운 동물이 아니라 문제를 해결할 수 있는 동물이 되었다고 한다. 코로나가 처음 등장하여 전 세계가 마비되었을 때 우리는 그것에 계속 정의를 내리려 했다. 막연한 것을 계속 구체화하려는 시도를 멈추지 않았다.

이름을 붙인다는 것, 정의를 내린다는 것이 문제 해결을 위한 첫걸음이다. 우선 명명해야 그다음 단계로 나아갈 수 있다. 막연하게 불안한 감정이 들 때, 우리는 이것에 이름을 붙여야 한다.

감정은 생각이다. 어떤 불편한 감정이 일어났다는 것은 부정적인 생각을 했다는 것이다. 자신의 생각을 관찰하면 직전에 어떤 생각을 했는지 찾을 수 있다. 〈까봐카드〉로 워크숍을 할 때마다 소리 높여 말하는 것이 생각 알아차림, 생각 관찰하기다.

알아차림이라는 단어를 어렵게 생각하는 분들이 간혹 있다. 명상센터나 마음수련센터에서나 사용하는 단어라, 본인들과는 상관없는 단어로 여긴 것이다. 나는 강의를 시작할 때 언제나 알아차림부터 알려드리기 위해 간단한 질문을 한다.

"지금 손을 어떻게 하고 있습니까? 다리는 어떻게 하고 있나요? 어떤 생각을 하고 있습니까? 제가 이렇게 질문하자, 여러분들은 어떻게 하셨나요? 본인의 손을 관찰하셨습니다. 본인의 다리를 관찰하셨습니다. 지금 어떤 생각을 했는지 속으로 머리 안을 뒤지며 생각을 찾았습니다. 바로 이것이 관찰하기이고 알아차림입니다. 어렵지 않으시지요. 감정이 불안하면 어떤 생각이 일으킨 것입니다. 본인이 자신도 모르게 어떤 부정적인 생각을 한 것입니다. 감정은 바꿀 수 없습니다. 감정을 바꾸기 위해 애쓰기보다 생각을 알아차리고 생각을 바꾸면 감정이 바뀝니다. 우선 생각을 알아차려야 불안이라는 감정을 해결 또는 해소할 수 있습니다."

카세트테이프를 무한 반복해서 틀어놓은 것처럼 같은 말을 하고 또 해서 아예 외우는 경지까지 되게끔 설명을 한다.

몇 년 전 경북의 ○○여자고등학교에서 전교생 대상으로 특강을 한 적이 있다. 나는 이때 아이들에게 다음 설명을 아예 외우게 했다.

"여러분, 감정이 불안하다면 까봐라는 생각을 한 거예요. 불안한 감정까지는 알아차렸는데 생각은 못 알아차린다면 위클래스에 〈까봐카드〉가 있으니 선생님에게 카드를 달라고 해서 카드를 살펴보며 본인 생각을 알아차립니다. 불안은 까봐이고 까봐는 불안이에요. 어떤 까봐인지를 모를 뿐이에요. 어떤 까봐인지를 모르겠다면 위클래스에 가는 거예요. 알았지요? 감정은 생각 없이 일어나지 않습니다."

몇 달 후 위 고등학교의 위클래스 상담 선생님에게서 전화가 왔다.

"선생님요~, 고마 불안은 까봐카드만 있으면 되긋던데요. 아이들이 와서 '쌤, 나 불안해요. 까봐예요. 까봐카드 좀 줘보세요. 뭐가 불안한지 찾아봐야겠어요.'라며 까봐카드를 지 혼자 깔고 가만히 들여다보더니, '아! 이 까봐네. 쌤! 됐어요. 알아차리니까 뭐 그거 아무것도 아니네요. 됐어요. 나 갑니다.'라고 가네예. 아이가 까봐카드로 알아차리고 이건 망상이고 쓸데없는 생각을 했다는 걸 알아차린 거 아입니꺼? 아이 스스로 했다는 거 아입니꺼? 알아차리자, 걷어챘다는 거 아입니꺼? 불안은 고마 까봐카드로 다 해결하고, 상담 선생인 지는 뭐 할 끼 없네예. 우예 아이들이 알아차렸을까예? 참말로 신기하고 방통하여 내 전화를 다 드린다 아입니꺼? 내가 할 일을 까봐카드가 대신하니, 내가 영 편하고 좋네예. 상담을 까봐카드가 한다 아입니꺼. 허허."

"또 있습니더. 한 반에 들어가서 까봐카드를 했는데, 아이들이 울고 난리가 났다 아입니꺼? '친구가 자기를 버릴까봐'라고 고백하고, 그것을 들은 친구는 '내가 니를 왜 버리노? 안 버린다. 와 그런 생각을 했노?' 하고 즈거끼리 울고 안아주고 토닥토닥해주고 한 교실이 눈물바다가 되고 난리도 아니었습니더. 뭐 이런 카드가 있는지 몰라예, 이렇게 역동이 바로 일어나는 카드는 처음 본다 아입니꺼. 고마 카드가 열일을 하네예. 그렇게 상담으로 '니 불안에 대해 이야기해보자, 두려움에 대해 이야기해보자.'고 해도 아이들이 말을 못하더니, 고마 까봐카드 펼치고 고르게 하니까 그냥 게임 오버되었다 아입니꺼? 억수로 내가 상담 잘하는 쌤이 되었다 아입니꺼? 다른 카드도 좀 만들어주이소."

선생님께서는 두 아이가 껴안고 울고 있고 주위에 친구들이 모여 토닥거려주는 사진도 함께 보내주셨다. 나는 보내주신 사진을 바라보며 혼잣말을 했다.

'그래, 이러면 되었단다. 알아차리면 되었단다. 그것이 망상임을 알아차리고 생각을 걷어차면 되었단다. 우리 기성세대가 무지하여 자기 생각을 알아차리지 못하고 대물림한 거란다. 너희의 생각이 아니란다. 너희 것이 아니니, 내 것이 아니라며 고개를 흔들고 생각을 걷어차버리렴. 묻은 거 훌훌 털어버리렴. 그리고 네가 되렴. 망상의 생각 대신에 너희의 꿈을 생각하렴. 그리고 그 꿈을 위해서 지금-여기에서 내가 무엇을 해야 하는지를 궁리하고 고민하렴. 네 인생을 위한 사고를 하렴.'

조바심의 불안,
두려움의 불안

지금 내 감정이 우울하면 과거의 생각을 한 것이고 지금 내 감정이 불안하다면 미래의 생각을 한 것이다. 불안한 감정이 일어났다면 미래의 생각을 했다는 것이다. 공식처럼 되어 있으니 외우는 것이 좋겠다. 외우는 주입식 교육이 나쁘지만은 않은 것 같다. 간단한 공식을 외워 연습을 하다 보면 망상불안에서 자유로워질 수 있다. 조바심이라는 불안은 환상의 생각, 두려움이라는 불안은 망상의 생각이 일으킨 것이다. 두려움의 불안에 대해서는 2장에서 여러 사례를 통하여 제시했다. 다음은 조바심이라는 불안을 일으킨 환상의 생각에 대한 사례이다.

조카인 초3 가안이와 데이트를 할 때 아이가 말했다.

"숙모, 저 수영장 딸린 호텔 같은 집에서 살고 싶어요. 호텔처럼 화려한 집에 살고 싶어요."

나는 단칼에 대답했다.

"그런 생각 하지 마!"

"왜요? 숙모는 왜 어린이의 꿈을 짓밟으세요? 칫, 우리 집은 수영장도 없고 아침에 룸서비스도 없고 흰색 침대 커버도 없어요. 우리 집 싫어욧! 그렇게 매일 깨끗한 집에서 살고 싶단 말이에욧!"

"그래, 좋아. 호텔하고 너희 집하고 비교하니까, 지금 너희 집이 어때?"

"싫어요. 호텔 같지 않아서 싫어욧! 호텔에서 살고 싶어욧!"

"자, 그럼 호텔 빼고 수영장 같은 것들 빼고 너희 집이 어때? 그런 것들과 비교하지 말고 너희 집이 어때?"

"음… 다 빼고요…? 비교하지 말고요…? 비교 안 하면… (한참을 생각하더니) 음… 우리 집 좋아요. 오빠도 있고 엄마도 있고 아빠도 있고 우리 집 짱 좋아요."

"지금 가안이는 어떤 생각 때문에 자기 집이 싫어지고, 잠시라도 네가 불행하다고 느꼈던 거지?"

"알아차렸어요. 비교하는 생각을 했어요. 호텔과 우리 집을 비교하는 생각을 했어요. 비교하지 않았으면 아무 일도 없었어요. 난 계속 행복했어요. 비교하는 생각이 문제네요, 헤헷헷. 이제 비교 안 할래요. 숙모가 비교하지 말라고 가르쳐주셨는데 깜빡했어요. 쓸데없는 비교를 해서 좋은 우리 집을 싫다고 했어요. 우리 집도 좋고 엄마랑 호텔로 휴가 가는 것도 좋고 다 좋아요. 난 다 좋아요."

"숙모가 흰 늑대와 검은 늑대 이야기 해주었지. 흰 늑대랑 검은 늑대랑 싸우면 누가 이긴다고 했지?"

"내가 밥 많이 준 놈이 이긴다고 하셨어요. 비교하는 이놈은 검은 늑대예요. 검은 늑대니까 밥 안 줄게요. 밥 안 주고 말라 비틀어지게 해서 죽여야겠어요. 헤헷. 비교 죽어랏~~! 얍!"

○○시의 어느 기관에서 '무의식을 모르는 자기계발은 독이다.'라는 주제로 강의를 할 때, 가안이 이야기를 했다. 그날 강의실은 약 400명 정도를 수용하는 극장형 강당이었다. 강의를 마치자마자 이 강의를 기획한 팀장님이 객석 끝에서부터 무대 단상까지 연신 절을 하시며 내려오셨다. 그 모습을 보면서 나도 덩달아 연신 허리를 굽히며 서로 인사를 했다. 팀장님은 내 두 손을 꼭 잡더니 '감사합니다.'라는 인사를 멈추지 않으셨다.

"강사님, 내가 왜 불행했는지를 오늘 확실히 알았습니다. 내가 왜 불만족으로 불행했는지를 알았습니다. 아무리 들여다봐도 모르겠더니, 오늘 알았습니다. 내 주위를 둘러보면 남편도 좋고 아이들도 말썽 피우지 않고, 연봉도 좋고, 집도 52평 아파트라 좋고, 차도 새 차나 마찬가지라 좋은데, 뭔가의 불행감, 불만족감이 있었습니다. 뭔가의 불만이 있었지만 도무지 이 뭔가를 찾지 못했습니다. 그런데 오늘 가안이 이야기로 뭔가가 무엇인지를 찾았습니다. 아무리 둘러봐도 행복한데, 왜 불행하다는 느낌이 있는 건지를 오늘 알았습니다. 지금 내가 속한 문화 때문이에요.

내 친구들은 만나면 모델하우스에 가고 새 차를 보러 다니는 게 문화예요. 그 문화에 속해 내가 비교하고 있었네요. 모델하우스와 내 집을 비교하여 내 집이 싫었고, 내 차와 새 차를 비교하니 내 차가 늘 싫었어요. 오늘 해주신 가안이 이야기가 바로 내 이야기네요. 지금 사는 52평 아파트 넓고 좋습니다. 죽는 날까지 이사하지 않을 것이고, 차는 앞으로 10년 동안 절대 바꾸지 않을랍니다. 앞으로 모델하우스와 새 차 보러 다니는 모임에 절대 가지 않을 것이고, 만일 가게 되면 밥이나 같이 먹고 나는 그냥 집에 올랍니다. 여기에 문제가 있었습니다. 와~ 속이 시원해지면서 무엇이 잘못인지를 알게 되었습니다. 비교가 무서운 거군요. 나도 모르게 비교하는 문화 속에서 살았습니다. 이제 나와야겠습니다. 알아차리게 해주셔서 감사드럽니다. 나는 행복한 사람이라는 것을."

가안이 이야기가 사람을 살리는 순간이었다. 이분 이야기는 또 다른 장소에서 또 다른 분들을 살렸다.

50대 여성 CEO인 해안씨는 아는 강사님이 소개하여 상담을 하게 되었다. 해안씨는 불안한 마음이 주 호소였는데, 늘 마음이 급하고 조바심으로 불안하다고 했다. 아침 루틴으로 자기 확언을 쓸 때가 가장 행복하다고 할 때, 여전히 내 스타일대로 초3 가안이에게 했던 것처럼 말했다.

"그런 거 하지 마세요."

"왜요? 그 시간이 얼마나 행복한데요. 2030년에 90평 아파트로 이사한다, 큰아들이 서른 살 될 때 32평 아파트를 사준다 등등을 쓸 때 얼마나 행복한데요. 왜 저의 꿈을 밟으세요. 저는 A4용지에 29가지 정도를 매일 빼곡히 쓰는 시간이 가장 행복한 시간인데요."

초3 가안이와 똑같은 대사가 되돌아와 깜짝 놀랐다. 여느 때와 같이 가안이에게 말했던 것처럼 똑같이 해안씨에게 되물었다.

"A4용지에 쓴 29개의 자기 확언과 대표님 현실을 비교하니,

회사와 집은 어떠신지요?"

"회사 직원이 매출을 올려야 하는데, 고객에게 서비스를 더 제공하고 최선을 다해야 하는데, 제 성에 차지 않게 일을 해서 직원 관리를 어떻게 하면 잘할 수 있을까 해서 직원 관리 교육을 엄청 받으러 다니고 있어요. 벌써 교육비를 얼마나 썼는지 모릅니다. 컨설팅 비용이 기본 몇 백 아닙니까? 그렇게 많은 비용을 지불하면서 직원 관리 교육을 받고 있습니다."

"대표님, 다시 묻겠습니다. 저는 자기 확언과 현실을 비교하니, 지금, 현실의 나는 어떠한지를 물었습니다. 현실의 나는 어떠하십니까?"

"불행합니다. 불안하고요. 직원들이 제대로 일해주지 않으니, 저의 확언대로 되지 않을 것 같아서 불안하고 두렵습니다. 직원들 때문에 불안합니다."

"자, 한번 집중해봅시다. 잘 들여다봅시다. 직원 때문에 불안한 것입니까? 자기 확언과 현실을 비교하여 불안한 겁니까?"

"모르겠습니다. 직원들 잘못인 거 같아요. 그들이 나의 꿈을 발목 잡는 것 같습니다."

"대표님, 왜 직원들이 대표님의 꿈을 이루어주어야 하나요? 대표님의 90평 아파트를 위해서, 왜 직원들이 열심히 해야 하나요? 대표님께서 직원들을 위하는, 직원들을 응원하는 대표님이 될 수는 없는 건가요? 대표님이 말씀하신 자기 확언 29가지 중에서 직원들을 위한 것은 몇 개나 되나요? 거의가 넓은 아파트, 아들 집, 차 등등인데 직원들을 위한 복지 같은 것은 있나요? 대표님, 대표님께서는 직원들이 대표님의 넓은 집과 차를 위해서 일해야 한다는 생각을 하고 계시는데, 알아차리셨을까요?"

"……."

한참을 말이 없었다. 그러곤 겨우 약간 더듬으면서 말씀하셨다.

"아… 그러고 보니 자기 확언에는 직원을 위한 문구는 하나도 없었습니다. 회사가 더 커지기를, 더 좋은 집으로 이사 가기를, 아들 집 사주기를 같은 것들만 있군요. 그럼 자기 확언을 쓰면서 내가 조바심이 났던 거네요. 자기 확언대로 이루어지지 않을까봐 직원 탓을 하고 있었던 거네요. 맞습니다. 그들을 위한 복지라든지, 그들을 위한 회사를 만들기 위한 자기 확언은 없었습니다. 그들이 나를 위해서, 나의 욕심을 위해서 일해야 한다고 생각했던 것 같습니다. 그랬네요. 맞아요. 그랬네요. 나라는 인간이 좀 끔찍스럽군요. 사실은 여태껏 이렇게 살았던 것 같습니다. 내 주위 모든 사람이 나를 위해서 존재해야 한다고 생각했던 것 같습니다. 부끄럽습니다."

"대표님, 오늘 하늘은 보셨나요? 오늘 하늘은 어떤 모습이 었나요? 바람은 느껴보셨나요?"

"하늘을 본 적요…? 없습니다. 늘 뛰어다녔어요. 머리에는 온통 직원들을 어떻게 관리해서 매출을 올릴까 하는 것밖에 없었습니다. 직원 관리법을 배우려고 만난 퍼스널 컨설팅 강 사님께서 선생님부터 만나야 할 것 같다고 하셨고, 사실은 직 원 관리법을 선생님이 알려주시는 줄 알고 상담을 했던 건데, 이런 상담을 하리라고는 생각지도 못했습니다. 내가 이런 어 처구니없는 생각을 하고 있었네요. 그들이 나를 위해 존재해 야 한다고 생각하고 있다니, 그것도 90평 아파트, 큰아들에게 줄 32평 아파트가 내 꿈이라니, 그걸 위해서 그렇게 뛰다니. 얼마 전 경비아저씨께서 저보고 사모님은 왜 그렇게 맨날 뛰 시냐고 묻더군요. 저는 내가 그렇게 뛰어다니는 줄도 몰랐어 요. 나의 90평 아파트를 위해서 직원들이 매출을 올려야 했다 니…."

또다시 그분은 한참을 말이 없었다.

"대표님, 톨스토이의《세 가지 질문》이라는 책이 있습니다. 이 책에서는 가장 중요한 때는? 가장 중요한 사람은? 가장 중 요한 일은? 이라고 묻습니다. 대표님께서는 뭐라고 생각하시

176

나요?"

"가장 중요한 때는 지금, 가장 중요한 사람은 나, 가장 중요한 일은 내가 하고 싶은 일이라고 생각합니다."

"이 책에서는 가장 중요한 때는 지금, 가장 중요한 사람은 내 앞에 있는 사람, 가장 중요한 일은 지금 내 앞에 있는 사람을 위해 좋은 일을 하는 것이라고 합니다. 저도 뭘 모를 땐 이런 책들을 보면서 삶의 나침판으로 삼았습니다. 어떠신지요?"

"자기 확언의 부작용을 제대로 경험하는군요. 더욱 심한 부작용은 하늘 한 번 보지 않고 경비아저씨 말씀처럼 뛰어다닌 게 아닐까요? 하⋯ 제가 직원들이 나를 위해서 일해야 한다는 그런 생각을 무의식적으로 하고 있었다니요? 내가 그들에게 월급을 주고 내가 그들을 위해 뛴다고 생각했는데, 내가 그들을 먹여 살리고 있다고 생각했어요. 그러니까 내가 이사 가고 싶은 아파트를 위해 그들이 열심히 일해야 한다고 생각했던 것 같아요. 그런데 아니지 않나요? 그들이 없었더라면 내가 어떻게 회사를 운영하고 있겠어요. 그럼에도 그들이 나를 위해 존재해야 했군요. 그것도 90평 아파트를 위해서요.

무의식이라는 것, 무섭습니다. 저의 무의식을 알아야겠습니다. 네, 저를 알아야겠습니다. 오늘 정말 부끄럽습니다. 세상 사람들이 다 알았을 것 같네요. 직원 관리법을 공부하러 다닐 때마다 다 알았을 것 같아요. 벌거벗은 임금님이 따로 없네요. 내가 벌거벗은 임금이었네요. 그러니까 컨설팅 강사분이 선생님을 추천해주셨지요. 이제 자기 확언 따위는 절대 쓰지 않아야겠습니다. 지금-여기에 살아야겠습니다. 하늘도 보고 나뭇잎도 보고 연습하겠습니다. 무엇보다 직원들에게 정말 미안하고, 직원들을 위한 삶이 무엇인지를 한 번도 깊게 생각하지 않은 자신이 가장 부끄럽습니다.

이제 방법을 찾겠습니다. 나를 위해 직원이 존재하는 것이 아니라, 그들을 위해 진정으로 도울 수 있는 그런 대표가 되고 싶습니다. 매출을 그들의 복지화에 맞춘다면 그들도 신이 날 것 같습니다. 저는 90평 아파트를 내려놓겠습니다. 이런 게 꿈이었다는 게 부끄럽습니다. 아들들도 스스로의 힘으로 결혼하라고 해야겠습니다. 내 과거에 속죄하는 마음으로 직원들을 위한 대표가 되어야겠습니다. 우리 직원들을 위해 좋은 일을 하는 대표가 되어보겠습니다."

"대표님, 환상적인 에고 박물관을 만들고 싶은 자기 확언의 삶과 비교하여 현실에서 삶이 어떠했는지를 잘 알아차리셨습니다. 불안을 잘 들여다보면 두 가지로 나뉩니다. 조바심의 불안이 있고 두려움의 불안이 있습니다. 대표님의 경우, 조바심의 불안입니다. 저도 경험했는데, 미래 목표를 명확히 하라는 자기계발서의 부작용으로 그런 조바심이 일어나는 것 같습니다. 매일 자기 확언을 쓰다 보니까 나도 모르게 마음이 급해지는 것이지요.

미래는 어떻게 될지 모릅니다. 그저 되고 싶은 것이 있다면, 그림 하나 그려서 툭 던져놓으십시오. 지금 말씀하신 것처럼 직원들을 위한 대표가 되고 싶다고. 이런 것이 꿈입니다. 90평 아파트를 가진 뒤에 무엇을 할 것인가가 꿈인 것이지 90평 아파트가 꿈이지 않습니다. 이것은 목표인 것이지 꿈이라고 할 수 없습니다. 에고의 박물관은 죽으면 다 가지고 못 가잖아요. 오늘 당장 하늘 한 번 더 봅시다. 직원들 이름 한 분 한 분 불러드리며 그들의 서사를 들어주며 공감합시다. 에고의 박물관을 만든다고 애쓰지 맙시다. 무엇보다 중요한 것은, 마음은 죽지 않는다는 사실입니다. 저는 이 말이 가장 무서워서, 마음이 죽지 않는다는 이 말을 기억하고 잡고 삽니다.

타인을 위한 공헌을 하면 복이 온다고도 합니다. 복이 진짜 오는지는 잘 모르겠습니다. 다만, 타자 공헌으로 삶을 하루하루 채울수록 제가 참 행복합니다. 도울 수 있는 이 몸뚱어리가 참으로 감사합니다. 꿈이 있으시면 그거 툭 던져놓읍시다. 그리고 오늘 하루 나의 삶에 정성을 들여봅시다. 직원들을 위한 대표가 되겠다는 타자 공헌으로 대표님의 삶을 정성껏 가꾸시

길 바랍니다. 그리고 조바심의 불안을 알아차리셨다면 또 환상의 생각이 일어났다고 알아차리시길 바랍니다. 에고와 알아차림은 공존할 수 없습니다. 알아차림이 승리하는 삶이 되셨으면 합니다. 면밀하게 대표님 생각을 관찰하고 알아차리시면 조바심의 불안은 편안해집니다."

생각을 일으키는
주체는 누구인가?

어떤 강의를 듣고 '내 생각은 나의 의지대로 하고 있는가?'
에 대한 의문을 품고 한 달 동안 패닉 상태에 빠진 적이 있다.
내 생각이라고 주장하며, 그 생각에 빠져 힘들었던 나라는 인
간의 생각이 고유성을 가지는가에 대한 질문이었다. 그 질문
에 바로 답변을 하지 못하며 깊은 회의감에 빠진 것이다. 강의
주제는 '행위의 주체'였다. 생각을 일으키는 주체가 누구인지
에 대한 것이었는데, 한 달 동안 내 생각을 관찰해보니, 고유한
내 생각이라고 할 만한 것이 없었다.

우리는 흔히 비가 오는 날에 "비 온다. 부침개랑 막걸리 먹

자."라고 한다. 그런데 부침개가 먹고 싶다는 생각은 고유한 나의 생각일까? 만일 내가 아랍에미리트에서 태어났다면, 비 오는 날 '비 오니까 부침개 먹고 싶다.'라고 할까?

지금껏 모든 생각이 나의 생각이라고 믿었는데, 자세히 관찰해보니, 내 생각이랄 것도 없는 것들이 거의 다였다. 비 오는 날 부침개 먹고 싶다는 생각은 조상, 문화의 대물림 생각이다. 대학에 꼭 가야 한다는 나의 생각은 아버지의 생각이었다. 욕 먹지 않게 처신 잘하라는 엄마의 생각이었다. 어디 여자 목소리가 담장을 넘느냐는 것은 가부장적 사회의 생각이었다. 대학원을 갔으니 유학을 가야 한다는 것은 대학 문화가 만든 생각이었다.

이렇게 내 생각을 구체적으로 관찰하자, 내 생각이랄 것도 없는 생각들을 가지고 괴로워하고 있었다. 아이들을 학원에 보내야 한다는 생각, 아이들이 뒤처지면 안 된다는 불안, 아이들 경험을 위해 해외 캠프를 보내야 하는데 보내지 못하는 형편으로 괴로워하는 것. 이렇듯 수도 없이 겪는 일상의 많은 고통들이 실은 나의 고유한 고통이었을까?

이안씨는 22년 전, 27세 나이에 자녀가 만 3세였을 때 남편을 교통사고로 잃었다. 우울증과 공황장애에 시달리던 이안씨는 자신의 이야기를 하며 울었다.

"저는 남편을 잃은 슬픔을 애도하기도 전에 친정아버지로부터 '남편 먼저 보낸 여자는 죄인이다.'라는 말을 들었고, 시어머니로부터는 '남편 잡아먹은 년, 며느리 니 팔자가 드러워서 내 아들이 죽었다. 니가 내 아들을 죽였다.'라는 말을 들었어요. 선생님, 이것이 정말 제 탓일까요? 저 때문에 남편이 먼저 죽은 거라면 어떻게 해요? 저도 남편 따라 바로 죽었어야 했나요? 죽지 못해 살아 있는 것이 죄스럽습니다. 사실 죽으려 해봐도 안 죽어지더군요. 아이와 함께 죽으려 했는데 아이가 살려달라고 했어요. 죽지도 못하겠던데요. 실은 이 말도 남편 잃고 처음 선생님께 말하는 거예요. 제가 죄인일까봐, 진짜 내 팔자 잘못으로 그가 죽었을까봐, 여태까지 아무에게도 말하지 못했어요."

이안씨 역시 누구의 생각으로 힘든 것이었을까? 누구의 생각으로 죽으려 했던 것일까? 친정아버지 생각은 누구의 것이었을까? 시어머니의 생각은 누구의 것일까? 이제 나는 이것들에게 이름을 붙이기로 했다. 대물림된 생각, 의심하지 않고 묻어버린 생각, 미신 같은 생각, 이것들을 '귀신'이라고 명명하기로 했다.

대학원 시절 남자 교수님들과 회식을 가면 노래방 기계에

번호를 눌러드리고 옆자리에 앉아서 술을 따라드려야 했다. 지금은 엄두도 낼 수 없는 일이지만 그 당시에는 이런 일쯤은 당연한 문화였다. 만일 이런 걸 하지 않는다면 '여자가 어쩌고 저쩌고' 하는 욕을 먹기 일쑤였다. 욕먹기 싫어 뭔가 아닌 것 같았지만 아니라고 말하지도 못했다. 이 행동이 맞는지를 스스로 회의하거나 의심하지도 못했다.

그런데 사회적인 미투 운동으로 여태까지 의심하지 못했던 것들을 의심해볼 수 있었다. 나는 생각지도 못했던 것들을 누군가는 잔다르크처럼 사회에 대항해주었다. 그 덕분에 무엇이 잘못이었는지를 알게 되었다. 사회의식이 성장한 덕분에 나는 비로소 회의하고 의심하며 사유할 수 있었다.

무엇 하나 내 생각이라는 것이 과연 있었을까? 라는 허무를 느끼며, 나라는 인간 전체를 부정하는 과정을 겪어내야만 했다. 한 인간이 성장하는 단계에서 마땅히 물었어야만 하는 질문을 놓친 과보로 나는 어른이 되어서도 불안, 죄의식, 수치심에 갇혀버렸다.

'내'가 괴롭다고 아우성친 '나'는 과연 '나'였던 것일까?

'나'는 어디에서 괴로웠던 것일까?

'나'는 무엇으로 괴로웠던 것일까?

'나'는 어디에서 우울증을 앓았던 것일까?

'나'는 어디서 불안했던 것일까?

'나'는 어디에서 죄스럽고 수치스러웠던 것일까?

'나'라고 주장하는 '나'는 진짜일까?

'나'라고 주장하는 '나'는 무엇으로 구성된 것일까?

'나'라고 하는 이놈은 누군가? 이놈이 '나'란 말인가?

뭣도 모르고 떠들고 시끄러운 이놈을 잡아야겠다. 이제 가짜인 이놈을 잡아서 없애야겠다.

불안을 일으키는
생각은 가짜다

나는 거의 반평생을 '평가받을까봐'라는 불안에 시달렸다. 이 불안을 들여다보니, 엄마가 어릴 때부터 남에게 욕먹으면 안 된다고 가르쳤고 나는 그것을 잡아버렸다. 엄마의 이 생각은 누구의 것이었을까? 엄마도 할머니의 생각을 잡은 것이 아닐까? 엄마도 그 시대 문화의 생각, 미신 같은 생각, 귀신의 생각을 잡았고, 엄마 생각을 회의, 의심하지 못하고 나에게 묻혔으며, 나는 그것을 나의 생각인 줄 알고 욕먹으면 안 된다는 생각의 감옥에 갇혀버린 것이다.

이 불안의 주체는 누구인가? 누구도 주체가 아니었다. 그러나 누구나 주체였다. 누구의 생각으로 욕먹으면 안 된다며 불안해했던 것일까? 나의 생각이 아니다. 가짜다.

지안이의 불안, '남들이 욕할까봐'는 누구의 불안인가? 엄마와 이모의 남들을 흉보는 습관. 지안이는 엄마, 이모의 세계가 전부인 줄 알았다. 엄마, 이모가 TV 속 연예인이나 지나가는 사람들 외모를 흉보며 뒤에서 쑥덕거리는 모습을 보고 자란 지안이에게는 흉보는 세상만이 존재했다. 세상에는 쑥덕거리는 사람들만 있다며 사람들을 겁내했다. 지안이는 어디에서 무서워하며 은둔형으로 집에서 나오지 못했던 것일까? 엄마, 이모가 흉보는 것을 자신을 흉본다로 내면화해버렸다.

남들이 흉볼 것 같은 불안을 일으킨 생각은 지안이의 것이 아니다. 지안이의 엄마, 이모의 문화였다. 엄마, 이모는 이것을 어디서 배운 것일까? 어떻게 본인 것인 양 아무런 의심 없이 늘 이런 이야기를 했던 것일까? 그녀들은 무슨 생각으로 사람들을 흉본 것일까? 그녀들의 생각도 그녀들의 생각이 아니었다. 그럼에도 지안이는 이 생각으로 죽음, 자살까지 생각했다. 지안이는 어디에서 자살까지 생각한 것일까? 지안이의 것이 아니다. 가짜다.

윤안이는 엄마와 아빠가 싸우면 이혼할 거고, 그럼 오빠는 엄마에게 가고 자신은 아빠에게 가야 하는데 그것이 싫고, 아빠는 아무도 없어서 슬프고 그런 아빠를 보면 자신이 슬프다는 망상소설을 쓰며 비련의 여주인공이 되어 울었다. 윤안이는 어디에서 운 것일까? 윤안이가 쓰는 영화 시나리오에는 늘 비련의 여주인공이 등장한다. 윤안이는 본인이 만든 망상 영화 속에서 슬프게 울었다. 물론 가짜다.

엄마들의 '아플까봐' 역시 막장 드라마다. 본인이 아프다가 죽을 것이고 그러면 남편이 재혼하고 재혼한 새엄마 아래에서 자녀들은 구박을 받고 죽음 후에도 그런 자녀를 보면서 자신은 운다는 내용이다. 파국으로 치닫는 막장 드라마를 쓰면서 그녀들은 불안해했다. 너무 드라마를 많이 본 탓일까? '아플까봐'는 막장 드라마를 찍으며, 불안해하며 운다. 가짜다.

혜안씨의 '거절당할까봐'는 사람들이 본인을 면접에서 합격시키지 않았다며 불안해하는 둔갑형 불안이었다. 미성숙한 자아 상태에서 타인들이 자신을 예뻐하지 않자 화가 난 것이다. 화를 불안으로 둔갑시켰다. 자기 마음대로 되지 않은 것을, 거절당하는 것을 불안한 것으로 둔갑시킨 가짜다. 이안씨의 '비난받을까봐'도 사람들이 자신을 예쁘고 사랑스럽게 보지 않아 화가 난 것을 비난받을까봐로 둔갑시킨 가짜다. 경철씨와 세영씨의 '비난받을까봐'의 불안도 배우자를 자기 마음대로 조종하지 못하자 화가 난 것을 불안이라고 둔갑시킨 가짜다. 본인 원하는 대로 타인들이 해주지 않자 화가 난 것을 불안으로 둔갑시켰다. 자기중심적인 생각들로 무장해서 스스로를 피해자처럼 둔갑시키고는, 불안하다며 상대를 조종하려는 가짜 불안이다.

어린 시절 내가 공부하고 있으면 우리 집은 조용했다. 아버지의 격노로부터 안전할 수 있는 유일한 공간은 책상 앞이었다. 나는 늘 책을 읽으면서 놀아야 했고 TV도 아버지가 집에 안 계실 때 몰래 보아야 했다. 그런데 결혼을 하고 나니 남편은 내가 책상에 앉아서 공부하는 모습을 좋아하지 않았다. 책상에 앉아서 뭔가를 하면 마음이 편안하고 좋았는데 남편은 그것에 공감하지 못하니 서운했다. 서운한 마음을 들여다보니, '책을 본다=아버지가 좋아하신다=나를 때리지 않는다=안전하다=편안하다'라는 생각의 도식 같은 것을 가지고 있었다. 무의식적으로 하고 있었던 것이다.

아버지가 돌아가셨음에도 나는 여전히 아버지와 함께 있었다. 이것을 아버지 귀신이라고 이름 붙였다. 이것을 알아차린 후, 드디어 집에서는 책을 버리고 뒹굴거리며 남편과 드라마를 죄의식 없이 볼 수 있게 되었다. 들여다보고 내 것이 아닌 것들을 찾으면 불안, 죄의식, 서운함도 어디론가 날아가버린다.

생각을 알아차리며 대물림의 생각, 미신 같은 생각에 귀신이라고 이름을 붙이는 과정에서 망상이 일으킨 불안 감정은 점점 힘을 잃는다. 불안(不安)을 안(安), 편안으로 바꾸는 길은 아닐 불(不)을 알아차리는 것이다.

우리는 안(安)하려는, 편안하려는 노력을 할 필요가 없다. 편안하고 고요한 마음은 언제나 늘 그 자리에 있었고 지금도 그 자리에 있다. 단지 불안한 감정을 알아차리기만 하면 된다. 아닐 불(不), 아닌 것을 알아차리면 된다. 그리고 불안을 일으킨 생각에 이름을 붙인다. 불안한 감정은 점점 안정을 찾을 것이다. 망상불안은 가짜이기 때문이다.

가짜 생각의 주범은
내면아이다

"그러면 어떻게 되나요?"라는 꼬리물기 질문은 내가 미처 알아차리지 못한 생각의 흐름을 알아차리는 데 도움을 준다. 도식적 과정을 겪는 것은 인간의 보편적인 현상이지만, 각 개인의 인지도식 내용은 문화에 따라 다르다. 각 개인의 집안 문화, 양육과정에서의 결핍, 과잉 등이 자신만의 개연성을 가지고 어떤 도식을 만드는 것이다.

예를 들어 과거에 부모로부터 맞은 경험이 무서움과 함께 있었다면, 야단맞을 것 같은 분위기가 되면 과거의 경험을 지금-여기로 가지고 와서 과거처럼 될까봐 두려워한다. 본인에게는 진짜 일어날 것만 같은 불안이다. 지금은 비록 과거와 다르지만, 과거에 쌓였던 경험들을 바탕으로 미래를 추정하는 것이다.

2장에서 언급한 주안씨 사례에서는 꼬리물기 질문으로 '보호받고 싶은 욕구'까지를 찾을 수 있었다.

주안씨는 직장에서 상사나 고객에게 '야단맞을까봐'라는 불안을 가지고 있었다. 직장에서의 불안을 호소했지만, 그 안에는 본인도 모르는 사이에 아버지가 연결되어 있었다. 주안씨가 미처 알아차리지 못한 생각의 흐름은 이렇다. '직장에서 야단맞을까봐'는 아버지로부터 '야단맞을까봐 → 두들겨 맞을까봐 → 죽을까봐'로 연결되었다. 직장 사람들을 아버지로 투사하여 사람들에게는 '야단맞을까봐 → 떠날까봐(버림받을까봐) → (내가) 죽을까봐 → 보호받지 못할까봐'로 연결되었다. '야단맞을까봐'라는 불안은 생각을 타고 '사람들에게 버림받을까봐'로 더 흘러버렸다. 이때 불안 감정이 두려움이라는 감정으로 더 깊어지게 된다. 여기서 그치지 않고 '버림받을까봐'는 '죽을까봐'로 이어지면서, 두려움의 감정은 죽음의 공포로 더 깊어지면서 보호받지 못하면 죽을 수도 있다는 공포의 감정으로 생각과 감정이 더 깊어진다.

2장의 이안씨 사례를 다시 보자. 본인이 비만이어서 사람들이 '비난할까봐' 두렵다고 했지만, 그녀의 생각의 흐름은 '사람들이 비만이라고 비난할까봐 → 사람들이 나를 떠날까봐 → 그런데 이 사람들이 이상하다? → 내가 얼마나 예쁘고 사랑스러운데 → 저런 사람들에게 비난받을까봐 두려웠다고? → 나를 못 알아보는 사람들은 공격해야 한다. 내가 비난해야 한다.'로 이어졌다. 불안으로 시작한 생각의 흐름은 사람들을 공격하고 비난하고 싶은 감정으로 바뀌었다. 본인이 어떤 생각을 하느냐에 따라 감정은 변화무쌍하게 바뀐다.

주안씨 경우도 깊게 들여다보니, 나에게 소리 지르는 사람들을 모두 공격하고 싶다는 생각까지 알아차리기도 했다. 이안씨 경우도 남편을 먼저 잃고 죄의식에 사로잡혀 살아야 했던 자신을 알아차렸다. 누구나 들여다보면 본인 생각이 어떻게 흐르고 있는지를 관찰할 수 있다. 관찰한 것을 노트 위에 적어보면 자신의 생각이 이성적이지 않다는 것을 알게 되는데, 이성적으로 생각하지 못하게 하는 주체가 바로 '내면아이'다.

각 개인의 내면에는 과거의 유아기적 모습이 남아 있고 그것이 현재의 삶과 행동에 영향을 미친다. 어린 시절부터 성인이 된 지금까지 지속적인 영향을 주는 존재가 내면아이다. '까봐'로 불안한 이들의 생각의 흐름 안에는 과거의 경험을 계속 무의식적으로 무한반복하는 습성이 있다. 나도 모르게 형성되어 버린 도식인데 그 도식 틀 안에 본인을 가두어버린다. 나만의 개연성을 가지고 과잉일반화하기도 하고 파국화하기도 한다.

물론 나의 경험을 기억하고 있는 내면아이는 충분히 위로받아야 한다. 주안씨가 마지막에 '보호받고 싶다'고 했을 때, 같이 공감하며 아팠다. 현재의 삶에 영향을 주며 주안씨의 현재를 불안하게 하는 내면아이의 아픔이 느껴졌다. 동안이, 도안이처럼 얼마나 힘들었을지 생각하면 그 아이가 그저 이해되고 함께 공명할 뿐이다. 그 아이는 충분히 위로받아야 하고 충분히 그만의 애도의 시간을 가져야 한다. 이 아이의 아픔을 보듬고 녹여서 보내야 한다. 어린 시절 결핍의 상처가 현재 삶에 영향을 주었다는 것을 알아차리고, 스스로가 이 아이의 보호자가 되어주어야 한다. 더 이상 자신을 미성숙한 아이로 머물게 내버려두어서는 안 된다.

내면아이의 애도 작업은 불안을 편안으로 만드는 과정에서 필요하다. 충분히 내면아이를 위로해주고 적당한 선이 되면 내면아이를 보내길 바란다. 나를 보호해줄 사람이 없다는 것을 직면하고 받아들이는 것은 무척 힘든 작업이다. 이 작업을 할 때 나 또한 참 힘겨웠고 아팠다.

인정하다의 인(認)은 파자해보면 '칼 도(刀)'에 '삐침(丿)'과

'마음 심(心)'이 있고 '말씀 언(言)'이 있다. 가슴에 칼 맞았다고 내 입으로 말하는 형상이라고 풀이를 해보았다. 백지영의 '총 맞은 것처럼'이라는 노래 가사처럼 마음에 칼을 맞은 것처럼 아팠다.

그런데 내가 이만큼 아프다고 내 입으로 고백하는 것, 이것이 치유의 과정이다. 내가 이렇게 피가 날 만큼 아프다고 이야기해봐야 한다. 아무도 안 들어주어도 상관없다. 나 자신에게라도 말을 해야 한다. 나라도 그 아픔을 알아주어야 한다. 나만큼 그 아픔을 잘 아는 이도 없으니, 적어도 나는 알아야 한다. 인정하고 받아들이고 나면 내 인생은 스스로가 책임져야만 한다는 통찰이 온다. 스스로가 진정으로 어른이 되어야겠다는 다짐을 하게 된다.

두려움을 일으키는 존재와 직면하면 지혜라는 것도 생기고 좀 어른이 되는 것도 같다.

진짜 갈등과
거짓 갈등 구분하기

강안씨는 술과 담배를 끊어야 한다면서 좀처럼 끊지 못하고 갈등하면서 힘들어했다.

"선생님, 술과 담배를 끊어야 하는데, 참 힘드네요."

"끊고 싶어요? 안 끊어도 되지 않나요?"

"아닙니다. 꼭 끊고 싶습니다. 아이들을 위해서라도 끊고 싶습니다."

"그러면 끊는 쪽으로 이야기를 해봅시다."

"그런데 못 끊을 것 같아요."

"좋아요. 그러면 끊지 말고 술 담배를 하시지요."

"술 담배를 하는 부모를 아이들이 보면 뭐라고 하겠습니까?

아이들 교육상 좋지 않습니다. 아이들이 나를 안 좋아할 것 같아요. 그리고 건강에도 좋지 않아요. 그래서 끊어야 해요. 아이들에게 나쁜 부모라는 욕을 들을 것 같습니다. 이걸 생각하면 너무 괴롭습니다."

"그러면 끊는 쪽으로 하고 방법을 찾아봅시다."

"과연 내가 끊을 수 있을까요? 여태까지 끊는다고 수없이 다짐했지만, 결국은 못 끊고 있어요. 평생을 끊으려고 노력했는데 끊을 수 없을 것 같아요."

"강안씨, 지금 우리 대화 어때요? 강안씨는 진짜 어떻게 하고 싶은 건가요? 강안씨, 술 담배는 끊어도 되고 안 끊어도 됩니다. 술 마시고 담배 피워도 됩니다. 단, 이렇게 갈등하는 건 포기합시다. 갈등 속에서 괴로워하는 것을 포기합시다. 술 담배를 끊고도 싶고 끊고 싶지 않기도 하고, 어느 쪽이든 선택합시다. 강안씨는 술은 마시고 싶지만 건강은 나빠지길 원치 않고, 담배는 피우고 싶지만 아이들에게 좋지 않은 영향을 끼칠 것 같아서 걱정합니다.

두 마리 토끼를 한꺼번에 잡을 수는 없습니다. 술 마시면 건강이 나빠질 각오를 해야 하고 담배 피우면 아이들에게 욕먹을 각오를 해야 합니다. 술 담배를 끊으면 아이들에게 욕먹지는 않겠지만 술과 담배 생각에 힘들겠지요. 하지만 아이들과 건강을 생각하며 참아야지요.

　강안씨가 한쪽을 선택하지 못하는 이유는 본인이 생각할 때 좋지 않은 것을 선택하고 그 뒤의 책임은 지고 싶지 않은 마음 때문입니다. 너희들은 나를 비난하면 안 된다는 생각을 하고 있어요. 그 마음을 한번 들여다보세요. 갈등 속에서 괴로움을 즐기고 있는 내가 있는지. 자신을 못하는 사람이라고 비하하고 괴로워하고 힘들어하는 것에 역동적인 존재감을 느끼는 내가 있는지 들여다보세요."

　"마지막 말이 와닿네요. 사실 괴로워야 뭔가 살아 있는 느낌 같은 것이 있습니다. 간단하게 선택하면 될 것을. 그리고 될 때까지 연습했더라면 진즉 술 담배를 끊었을 것을요. 왜 그리 살았을까요? 갈등 속에 있다는 것조차 못 알아차렸네요. 그 속에서 괴롭다면서, 나오고 싶다면서 나올 생각을 하지 못했네요."

　"이것을 '거짓 갈등'이라고 합니다."

　"술 담배를 끊지 못하면서 아이들에게 미움받을까봐 불안해하고 못 끊는 나 자신을 비하하고 자괴감에 빠졌던 세월이 안타깝습니다. 정말 진짜 갈등이 아니었네요. 거짓으로 갈등하며 마치 뭔가를 하는 사람인 양 착각한 거였네요."

　"이제 적어도 갈등을 선택하지 않으면 됩니다. 술 담배를 끊고 싶으면 참는 연습을 하는 것이고, 술 담배를 하고 싶다면 아이들에게 욕먹을 각오를 하는 겁니다. 하나를 선택했을 때 잃어버리는 것을 각오하는 겁니다. 지금까지의 갈등은 거짓이기에 해결되지 않았던 것입니다."

이렇게 해서 강안씨는 한번에 술과 담배를 끊었다.

강안씨는 또 사람들이 뚱뚱하다고 '비난할까봐'라는 두려움도 있었는데, 그 '거짓 갈등'도 알아차렸다.

"선생님, 제겐 또 하나, 사람들이 뚱뚱하다고 '비난할까봐'가 있는데, 그러면 살을 빼든지, 아니면 비난받는 것에 신경쓰지 않아야 하는 거네요. 살은 빼기 싫고 뚱뚱하다고 비난받기 싫고, 이것도 거짓 갈등이네요. 이제 선택하렵니다. 뭐든 어떻습니까? 들여다보니 저는 뚱뚱하다고 비난받는 것, 그런 거는 신경쓰지 않을 수 있겠습니다. 저는 이 부분에 대해서는 욕먹을 각오라는 용기를 내야겠습니다. 먹는 것에 스트레스 안 받고, 비난받는 것에도 편한 삶을 살렵니다."

강안씨는 이제 '거짓 갈등'에 있지 않고 어느 것이든 선택하고 시도하는 삶을 살기로 했다. '거짓 갈등'을 잘 들여다보면 힘든 것을 책임지기 싫어하는 내가 있다. 술 담배 끊는 것이 어디 쉬운 일이겠는가? 쉽지 않다. 하지만 아이들이 부모 모습대로 살아가는 것이 두렵다면 어려운 일을 시도해야 한다. 물론 비난받는 것에 용기를 가지는 것도 쉽지 않다. 그렇지만 '거짓 갈등' 속에서 힘들어하는 자아를 포기하고 직면하다 보면, 하나씩 해내는 자신을 선택하여 연습하다 보면, 자신이 생각하는 것보다 훨씬 더 많은 힘을 발휘하게 된다. 어떤 선택이든 괜찮다. 책임지고 감수하면 된다.

또한 선택이라는 것에 지나친 에너지를 쓸 때가 있는데, 선택 자체는 옳고 그름, 좋고 나쁨이 없다. 선택을 한 후에야 이 선택이 옳았는지 나빴는지 알 수 있다. 그런데 선택하는 시점에서 대부분 최고의 선택을 하려는 습성이 있다. '내가 한 선택이 잘못되었을까봐', 그래서 '내가 잘못될까봐'로 이루어지는 생각의 습성이다. '선택을 잘하려고 한다.'는 합리화를 하면서. 이것도 우리 기성세대가 우리 생각을 알아차리지 못하고 다음 세대에게 고스란히 물려준 생각의 습관이다. 대물림의 생각, 미신 같은 생각, 귀신같은 생각.

"너 이거 선택해서 잘못되면 어쩔래?"

윤안이는 아이돌을 하고 싶어 했다.
"선생님, 저 아이돌을 하고 싶은데, 아이돌 하다가 내 인생을 망치면 어떻게 해요? 성공하라는 보장이 없잖아요? 어떤 선택을 해야 할지 갈등이에요."

"윤안아, 누가 그런 말들을 했어?"

"주위 이모들이나 아줌마들이 내가 아이돌 하고 싶다고 하면, 아이돌로 성공하기 어렵다고 해요. 나 정도의 외모와 끼로는 진짜 끼 많은 아이들을 이길 수 없다고요. 노력해놓고 막상 아이돌이 못 되면 어떻게 할 거냐고 해요. 그래서 저의 시간이 아까울까봐요."

"윤안아, 지금 윤안이 어디서 갈등하는 거야? 벌어진 일이야? 시간이 아까울지 안 아까울지? 윤안이가 지금 알 수 있어?"

"그래도 지금 잘 선택해야 손해를 보지 않지요."

"선택하는 지금 이 순간에 어떤 손해가 있어? 선택한 뒤에 손해가 있을지 없을지 알 수 있는 거야. 지금은 최고의 선택을 할 수가 없어. 최고의 선택이라고 말할 수 있는 건 경험해본 뒤의 일이야. 경험해보지 않고 망할지도 모른다고 걱정하면서 갈등하는 것을 '거짓 갈등'이라고 해. 윤안이, 어떻게 하고 싶어? 하고 싶은 것에 집중해봐."

"선생님, 저 춤추는 거 생각하면 가슴이 뛰어요. 사실 잘 못해요. 끼도 없는 것 맞아요. 그런데 가슴이 뛰어요. 나 이거 하고 싶어요."

"자, 그러면 선생님이 다시 물을게. 아이돌 되는 것 얼마나 어려운데, 연습 실컷 해놓고 안 되면 어쩔래?"

"안 되는 거는 지금 생각하지 않을래요. 지금 하고 싶은 일 할래요. 한다는 생각만 해도 가슴이 뛰고 좋아요. 엄마도 뭐든 하고 싶은 거 하라고 했어요. 엄마한테 얼른 이야기해주고 싶어요. 저 공부도 열심히 할게요. 그리고 안 되면 그때 가서 고민할게요."

"윤안아, 이제부터는 벌어지지 않은 일까지 고민하지 말자, 지금 여기에 있자. 그리고 네가 하고 싶은 일을 마음껏 하렴. 그러다가 넘어지는 날도 올 거야. 괜찮아, 또 일어나면 된단다. 또 다른 길이 펼쳐질 수도 있어. 벌어지지 않은 미래를 걱정하며 '거짓 갈등'을 하기보다 뭐든 하고 싶은 것들에 도전하며 윤안이의 삶을 살자꾸나. 윤안이는 언제나처럼 선생님 말 잘 이해하지?"

윤안이는 이후 춤 연습을 열심히 하며 유튜브에 본인이 춤 춘 영상을 올려, 나에게 링크를 보내오고 있다.

걱정은 사랑이 아니다.
인정이 사랑이다

제목이 다소 이분법적으로 들릴 수 있겠다. 강조하고 싶기에 이렇게 제목을 붙여보았다.

지난해부터 갱년기 증상이 와서 갑자기 추웠다 더웠다를 반복하는 내 모습을 본 막내이모와 엄마가 대화를 나눈다.

(엄마) "야야, 갱년기에 금방 골다공증 온다이. 호르몬제 묵어라. 안 그라믄 골다공증 온다."

(이모) "어머, 안 돼. 내 친구들은 호르몬제 먹어서 다 유방암 걸렸어. 주은아, 먹지 마. 유방암 걸려. 나는 유방암 안 걸린 게 호르몬제 안 먹어서 그런 거야."

(엄마) "시끄럽다. 갱년기 잘못 보내면 골다공증 걸린다. 호

르몬제 묵어라. 알긋제? 엄마 말 들으면 자다가도 떡이 생긴다. 호르몬제 안 묵으면 큰일난다. 알긋나? '예' 해라. 엄마 말 들어라."

(이모) "아잇, 언니는 호르몬제 먹으면 유방암 걸린다니까! 주은아, 이모 말 들어. 먹지 마."

엄마와 이모는 나를 사이에 두고 한 치의 양보 없이 싸우듯 말했다. 그녀들은 나를 염려하고 사랑한다. 내가 아플까봐, 어디라도 잘못될까봐, 나를 사랑하기에 걱정하는 마음으로 말한다는 것을 잘 안다.

《빨강이 어때서》는 내가 최고로 좋아하는 그림책이다. 흰둥이 엄마고양이와 검둥이 아빠고양이 사이에 얼룩이, 점박이, 줄무늬, 빨강이가 태어났다. 모두 빨강이를 걱정했다. 어느 날 빨강이는 "나는 날 걱정해주는 가족들을 사랑해. 하지만 나를 인정해주지 않는 가족들 때문에 슬펐어."라며 집을 나간다.

나는 이 대목에서 한참을 눈을 뗄 수가 없었다. 빨강이는 나였다. 오랫동안 빨강이를 가슴에 꼭 안았다. 나도 빨강이처럼 걱정해주는 가족들을 사랑하지만, 가족들에게 인정받고 싶다.

엄마에게 받고 싶은 인정을 상상해본다.

"주은아, 너의 안위 따위는 유념치 말아라. 너를 세상에 내어놓아라. 너를 세상에 바쳐라. 사람들이 생각의 늪, 생각의 고통에서 나오는 길이라면, 까봐가 없는 세상을 만드는 길이라면, 네 몸 하나 부서지더라도 개의치 말고 끝까지 가거라. 차라리 부서져서 죽어라. 네가 할 수 있는 힘껏 세상을 도와라. 그러다가 쓰러질 수도 있고 아플 수도 있다. 두려워하지 말아라. 네가 이루고 싶은 세상을 만들어라. 난 너를 믿는다. 사랑하는 내 딸아."

엄마가 이 말을 해주었으면 좋겠다.

학부모 연수 때마다 이렇게 먼저 물어본다.

"아이들에게 야단을 칠 때, 어떻게 하나요? 혹시 이렇게 야단치고 있지는 않나요? 하나를 예시로 그려보겠습니다. 뜨거운 냄비가 테이블 위에 있는데 아이가 뛰어다닙니다. 그러면 '뜨거운 거 있으니까 조심해. 주의해야 해.'라고 하시나요? 아니면 '그렇게 뛰다가 냄비 국물을 쏟으면 어쩔 건데? 뜨거운 국물이 쏟아져 화상 입으면 어쩔 건데? 화상 입어서 응급실 실려가고 큰일 난다. 그러니까 뛰지 말라고.' 이렇게 야단치시나요? 주로 어떻게 야단치시나요? 뜨거운 냄비가 있는 건 사실입니다. 냄비가 엎어지면 위험할 수 있습니다. 그러나 안 엎어질 수도 있습니다. 그런데 우리는 이미 뜨거운 냄비의 국물을 쏟았고, 아이는 뜨거운 물에 화상을 입었으며, 응급실까지 간다는 망상소설을 쓰고, 망상소설 아래에서 아이들을 야단치고 있지는 않았나요?

저는 아이들이 어릴 때, '엄마 말 안 들으면 경찰 아저씨 온다. 경찰 아저씨 와서 엄마 잡아간다. 엄마부터 잡아간다.'라고 아이를 협박하며 키웠습니다. 이게 벌어진 일인가요? 안 벌어진 일이지요. 그러나 완전히 실감나게 말해서 아이를 야단칩니다. 무릇 그 일이 반드시 일어날 것처럼 야단을 칩니다. 우리가 지금 주의해야 할 지점이 여깁니다. 차라리 조심하라는 말을 백번 하는 것이 낫습니다. 벌어지지 않은 망상소설을 지금-여기로 가지고 와서 무릇 벌어진 일인 양 야단치는 것보다 낫습니다. 망상에서 야단을 치는 것은 망상이기에 힘이 없습니다. 벌어지지 않은 허상에서 야단을 치기에 힘이 없습니다. 감기에 걸릴까봐, 목도리를 하고 가라고 말할 수는 있습니다. 그런데 우리 어떻게 하나요? '목도리 안 해서 감기 걸리면 병원 가야 하고 엄마 바쁜데 엄마 일하다가 너 병원에 데리고 다녀야 하고…' 이런 식으로 아이들을 훈육이라는 미명 아래 망상으로 잡고 있지는 않으신지요? 이때 어디에서 야단을 친 건가요? 지금 여기에서 야단을 친 건가요? 아니면 벌어지지 않은 망상소설 속에서 야단을 친 건가요? 이때 우리는 어디에 있었나요?"

그러면 간혹 몇 분이 "진짜 잘못될 수도 있잖아요."라고 하신다.

잘못될 수도 있고 잘못되지 않을 수도 있다. 그런데 어쩌다가 우리는 반드시 잘못될 것이라는 생각의 틀을 가지게 되어버린 것일까? 잘못되고 싶지 않은 마음이 불안을 만든다.

'지금 수학 공부를 안 해서 중학교 가서 못 따라가면 어쩌지?', '영어학원 안 보내서 아이 대학 못 가면 어쩌지?', '내성적이라 초등학교 들어가서 적응하지 못하면 어쩌지?', '초등학교에서 은따, 왕따, 학폭 열리면 어쩌지?' 등등.

사람들은 걱정이 사랑인 줄 안다. 걱정하면 사랑을 주는 것인 줄 안다.

망상을 한자로 풀어보면 망자는 '망령될 망(妄)', '허망할 망'이다. 허망한 생각이고 망령된 생각이다. 상은 '생각 상(想)'이다. 합하면 망상은 망령된 생각, 허망한 생각을 말한다. 우리는 살아 있는 사람들이다. 살아 숨 쉬는 역동의 인간이다. 그런데 망령된 생각을 하는 순간, 나는 망자의 생각, 죽은 자의 생각을 하는 것이나 마찬가지다. 이게 얼마나 무서운 일인가? 무심결에 허투루 하는 생각이 망상이라면 나는 지금 산 자로 있는 것인가? 망자로 있는 것인가?

화들짝 놀라야 한다. 놀라며 머리를 흔들어야 한다. 스스로에게 '그만'을 외치며 정신줄을 잡아야 한다. 누구보다 자녀를 잘 키우고 싶은 마음에 아이를 망상소설 속에 넣어버렸다며 머리를 절레절레 흔들며 그만 망상소설을 멈추어야 한다. 지금-여기에는 아무 일도 벌어지지 않았다. 무릇 일어날 것만 같은 불안은 본인만의 느낌이다. 속지 말아야 한다. 모든 것은 망상소설이 만들어낸 불안의 속임수다. 내 자녀가 진정 잘되기를 바라는 마음이라면 적어도 망상소설은 멈추어야 한다. 걱정과 염려를 멈추고 그들의 인생을 응원하며 인정하는 것이 바람직하다. 망상소설에서 아이를 걱정하는 것은 진짜 사랑이 아니다.

학부모 연수 마지막에는 언제나 이 구호를 외친다. 전국에 확산되었으면 하는 염원을 담아서.

"걱정은 사랑이 아니다. 인정이 사랑이다."

학부모 교육에서 가장 인상적으로 기억에 남는 것을 발표하는 시간에는 어김없이 이 구호가 담긴 소감이 나온다.

"강의에서 가장 기억에 남는 것은 '걱정은 사랑이 아니다. 인정이 사랑이다.'입니다. 나도 부모님께 걱정이 아닌 인정을 받고 싶었는데, 그걸 잊고 있었네요. 걱정이 사랑이라고 착각하고 있었어요. 이제 걱정 말고 인정을 해주는 사랑을 해야겠습니다."

출근길에 어느 초등학교 앞을 지나가다가 영어학원에서 붙인 커다란 광고 현수막을 보았다.

"우리 아이가 2학년이라면 늦습니다."

아이들이 등하교할 때마다 매일 볼 수밖에 없는 정문 앞 위치에 대문짝만하게 걸려 있는 현수막이다. 이 학교의 전교생은 1천여 명이 넘는다. 그런데 2학년이라면 영어가 늦다고 불안을 야기하는 광고, 이런 광고는 나쁘다. 이렇게 불안을 야기시키는 광고들이 세상에서 사라지는 날이 오기를 희망한다. 부디 모두가 이런 광고는 나쁜 광고라는 인식을 하게 되었으면 한다.

'무엇이 늦단 말인가? 늦고 안 늦고를 왜 당신이 판단하냐고? 그것도 2학년이라고 왜 당신이 정하는데?'라고 따지며 깨어 있어야 한다. 이런 광고에 휩싸여 내 자녀를 불안으로 키워서는 안 된다. 주위에서 이런 식으로 불안을 야기하는 사람이 있다면 이렇게 말하자.

"우리 아이는 언제든 충분합니다."

우리는 당당하게 불안으로부터 나와 내 자녀를 보호해야 한다.

1차 까봐-OK,
2차 까봐-망상소설(not OK)

'감기 걸릴까봐' 옷을 챙겨 입는다는 것은 오케이다. '사고날까봐' 운전을 조심한다든지 교통법규를 준수하는 것은 오케이다. '계단에서 넘어질까봐' 계단을 내려갈 때 다리에 힘을 주며 천천히 조심성 있게 내려가는 것은 오케이다. 이것을 '1차 까봐'라고 한다. 1차 까봐는 오케이다. 인간은 편도체라는 두려움을 담당하는 고형화된 물질을 가지고 태어났다. 생명을 보호하기 위해서 '1차 까봐'는 필요하다. 만일 '1차 까봐'도 없다면 63빌딩에서 뛰어내리려고 할 것이고 15톤 덤프트럭에 뛰어들지도 모른다.

'감기 걸릴까봐' 감기 걸리지 않게 옷을 챙겨 입는 방법을 궁리하는 것은 오케이다. 그러나 '감기 걸릴까봐 → 병원에 갈까봐 → 아이가 병원에 가면 내가 일을 못할까봐 → 일을 못하면 직장에서 잘릴까봐'로 펼쳐지는 2차, 3차 생각이 망상소설인데 이것은 not 오케이다. '2차 까봐'는 not 오케이다.

채안씨는 상담을 시작하자마자 아빠가 초기암 진단을 받고 수술해야 하는 상황에 대한 두려움을 표출했다.

"아빠가 없는 것은 상상할 수도 없어요. 아빠가 죽으면 나는 혼자 남겨질 텐데, 그럼 아무도 내 곁에 없어요. 아빠만이 나의 편이었단 말이에요. 친절한 아빠가 죽는 것은 상상하고 싶지 않아요. 아빠 없는 빈자리를 어떻게 할 수 있나요? 남겨진 나는 어떻게 살아야 할지 막막해요. 매일 눈물로 살고 있어요. 괴로워요. 죽고 싶어요. 내가 먼저 죽어서 아빠가 대신 살았으면 좋겠어요. 나는 쓸모없어요. 내가 먼저 죽고 아빠가 죽는 걸 보고 싶지 않아요. 신이 나를 사랑한다면서요. 나는 사랑받기 위해서 태어났다면서요. 사랑한다면서 이런 고통을 주는데, 신이 있는 건가요? 나는 신에게 배신당했어요. 신은 나를 사랑하지 않아요. 신이 아빠를 죽이면 신을 저주할 거예요. 어제는 자해를 했어요. 베란다에 서서 떨어지는 상상을 해요. 그런데 안 죽어져요. 죽여달라고 애원했어요. 나를 아빠 대신 데리고 가

달라고 기도했어요. 내가 대신 죽어야 해요. 신이 나를 사랑한다면 나를 먼저 데리고 가야 해요."

그녀는 상담을 올 때마다 울었다. 갑작스러운 진단을 받으면 누구나 일단 부정하고 싶고 받아들이기 어렵다. 채안씨의 불안을 이해하는 상담을 몇 회기 진행했으나, 그녀는 슬픔에 빠져 현실에서 해야 하는 일들을 잊어버리고 있었다. 긴 호흡의 상담이 필요했던 채안씨였다.

채안씨는 어린 시절부터 줄곧 어떤 일이 발생하면 죽어야 한다, 신을 저주한다는 생각의 과정을 가지고 있었다. 채안씨의 인지도식이 어떻게 형성되었는지를 찾는 작업부터 하나씩 풀어나갔다. 본인이 쓰는 망상소설을 눈앞의 글자로 써서 펼쳐 보여주며 2차, 3차, 4차, 5차로 가는 망상소설을 알아차리게 했다. 채안씨와의 첫 상담에서 그녀는 '신은 나를 버렸다. 신을 저주한다.'는 말을 했다. 앞뒤 맥락 없이 대뜸 '신이 나를 버렸다.'고 하는 말에 의아해했는데, 그녀의 생각 흐름의 마지막을 찾자, 신이 그녀를 버렸다는 말은 이해가 되었다.

망상소설이 그녀의 현실이 되어, 즉 신이 본인을 버린 것이 현실이 되어 그녀는 매일 밤 악몽에 시달리며 죽음과 사투를 벌이고 매일 밤 신과 사투를 벌였다. 그녀의 생각에서 아버지는 이미 돌아가신 상태였다. 그렇게 홀로 남겨진 자신이 불쌍하고, 신은 자신을 버렸으니 분노가 치밀어오르는데 이것들을 이겨낼 방법이 없으니 죽고 싶다는 결론으로 매일 밤 힘들었던 것이다. 아버지는 수술 이후 암이 재발할 수도 있고 재발하지 않을 수도 있다. 지금 이 시점에서는 '오직 모를 뿐'이다.

채안씨의 망상소설을 멈추게 하는 데는 상당한 시간이 필요했다. 그녀는 그동안 이런 생각 말고는 다른 생각을 해본 적이 없었으며, 이런 망상 생각에 갇혀 이 생각이 전부인 줄 알았다고 했다.

아버지는 암 수술 후 돌아가실 수도 있다. 돌아가신 후를 생각하면서 비련의 여주인공이 되어 우는 비극영화를 찍을 것이 아니라, 지금-여기에서 아버지와 하루라도 행복하게 살 것을 권유했다. 사랑한다는 표현도 하고 아버지를 위한 무엇이라도 할 것을 제안하자 다행히 채안씨는 하나씩 실천해주었다. 가족들 간의 서운했던 감정들을 해소하며 꾸준히 2차 까봐로 가지 않는 연습을 했다. 그러자 망상소설을 덜 쓰게 되었고 설령 쓰더라도 알아차리는 채안씨가 되었다.

이안씨의 남동생 상안씨는 심장 판막 이상으로 뇌경색이 와서 9시간에 걸친 긴 수술을 했다. 병원에서는 상안씨에게 담배를 피우지 못하게 하는데, 그럼에도 상안씨는 담배를 끊을 생각조차 하지 않았다. 이런 남동생을 보면서 이안씨는 상안씨가 '잘못될까봐'로 불안해했다.

"엄마가 자살로 생을 마감했을 때, 아버지는 내가 늦잠을 자서 엄마가 죽었다며 내 잘못이라고 하셨어요. 남편이 교통사고로 죽었을 때는 '남편 죽은 여자는 죄인이다.'라고 하셨고, 시어머님은 '남편 잡아먹은 년'이라고 하셨어요. 상안이까지 잘못되면 어쩌죠? 나 때문에 상안이가 잘못될까봐 불안해요. 상안이가 나 몰래 담배를 계속 피워요. 심장에는 담배가 그렇게 안 좋대요. 그런데 그 녀석이 계속 담배를 못 끊어요. 상안이가 다시 재발해서 죽으면 어쩌지요? 저는 또 죄인이 되는데…. 그리고 상안이마저 죽으면 나는 어디에 기대고 살아야 하지요? 더 이상 가족이 내 곁을 떠난다는 건 참을 수 없어요. 나도 죽을 것 같아요. 상안이가 담배 피우는 모습을 보면 숨이 조여와요. 어제도 상안이와 싸웠어요. 왜 그렇게 담배를 못 끊는 것일까요? 저는 더 이상 죄인이 되고 싶지도 않고 외롭고 싶지도 않아요. 가족의 죽음을 이제 더 이상 견딜 수가 없어요."

이안씨의 '2차 까봐'는 '죄인이 될까봐'로, 3차는 '외로워질까봐'로 이어진다. 이안씨에게도 글자로 하나씩 써서 그녀의 까봐를 눈앞에 펼쳐 보여주었다. 남동생에게 담배를 피우지 말라고 이야기할 수는 있지만, 담배 피우는 것을 멈추게 할 수는 없다. 타인과 미래를 내가 통제할 수는 없는 것이다.

　이안씨는 본인이 죄인이 되고 싶지 않아서, 본인이 외롭고 싶지 않아서 남동생이 담배 피우는 것에 불안해했음을 알아차렸다. 그리고 꾸준한 알아차림 연습으로 남동생 인생은 남동생 인생이라는 과제분리를 해내었다. 그 사이에 남동생이 응급실을 다섯 번이나 가게 되었는데도 이안씨는 '2차 까봐'의 망상소설을 알아차리며 남동생과 하나였던 인생에서 남동생을 독립시켰다.

　친하게 지내는 사이인 현안씨로부터 며칠 전에 전화가 왔다. 침잠된 목소리로 건강이 안 좋아져서 병원에 갔더니 골수검사를 해보자고 한다며 걱정을 했다. 어찌 위로할 바를 몰라서 한참 그녀의 이야기를 들어만 주었다. 마른걸레 짜듯 온 힘을 다해 살아온 인생인 것을 알기에 힘내라는 소리도 못하겠고 괜찮을 것이라는 막연한 위로도 못하고 먹먹하게 그녀의 잔잔한 이야기에 귀 기울이는 것만이 내가 할 수 있는 일이었다. 며칠이 흐르고 내가 다시 전화를 걸었다. 웃으면서 유머로 승화하자고 우스갯소리를 했다.

　"현안아, 아직 검사도 안 했고, 그래 병원에서 검사하자고 하겠지. 골수검사 하겠지. 골수검사해서 결과가 안 좋게 나올 수도 있겠지. 뭐 아프면 그렇게 나오겠지. 힘들겠지. 아프겠지.
아프다가 우리는 다 죽겠지. 그게 인생이지. 죽으면 죽는 거지.
아쉽겠지. 아이들도 눈에 걸리고 죽을 때 안타깝겠지. 그런데
왜 나는 먼저 죽으면 안 되노? 왜 나는 아프면 안 되노? 나도
아플 수 있지. 힘들 수 있어. 먼저 죽을 수 있지. 근데 죽을 때
죽더라도 지금 할일 하자. 불 싸지르며 살자. 운동 열심히 하
고, 할 수 있는 일만 생각하자. 고마 죽자. 우리 다 죽는다."

이 정도의 말은 충분히 통하는 친구여서 이내 반응이 왔다.

"그래, 골수검사 하겠지. 아프겠지. 그러다가 죽겠지. 뭐 죽
을 때면 죽어야지. 여기 있어야지. 지금 할 수 있는 일을 해야
지. 내가 또 신파소설 쓰며 망상으로 갔네. 골수검사 받는다는
것을 죽는다로 갔네. 참말로, 인간이 왜 이 모양인지? 덕분에
웃는다. 골수검사 하겠지, 아프겠지가 오히려 위로가 되네. 괜
찮을 거야라는 위로보다 훨씬 힘이 되네. 받아들여야지. 하하
하, 골수검사 받겠지. 아프겠지. 이거 너무 웃긴다. 안 받으면
좋겠지만, 약간 겁은 나지만, 뭐 또 진단받고 아프면 운동하고
건강 되찾도록 노력해봐야지. 내가 할 수 있는 건 이것뿐이니.
하늘에 맡겨야지."

"허허, 알아차렸네. 그러면 일단 골수검사 받기 전까지는
모르는 일이니, 제안서 낼 서류들 줄지어 있어, 얼른 제출해주

이소."

"오히려 가벼워졌소이다. 고맙소. 다시 일어나서 제안서에 내는 서류 만들어 메일로 보내겠소. 하하하."

에너지 총량의 법칙은 생각 총량의 법칙이다. 총량이 정해져 있다는 것이다. 정해진 총량에 망상의 생각이 자리를 차지하면 에너지가 나겠는가? 망상은 가짜이기에 힘이 없다. 망상은 망령된 생각이기에 힘이 없다. 실제 귀신이 나타나면 누가 이기겠는가? 인간이 이긴다. 비물질이 아무리 설쳐보았자 물질이 이긴다. 귀신이 이길 것이라는, 귀신이 무섭다는 망상이 귀신에게 지게 한다. 대물림의 생각, 미신 같은 생각, 망자의 생각, 진짜 나의 것이 아니다. 가짜의 것들이 에너지 총량을 자리차지하고 있는데 어찌 힘이 나겠는가? 당연히 나지 않음이다.

망상의 생각을 알아차리면 이것이 정화의 과정이고 치유가 된다. 2차, 3차로 가는 망상소설 대신에 어떻게 하면 이 문제를 풀 수 있을지에 에너지(생각) 총량을 쓴다면 자신이 원하는 인생을 살 수가 있다. 아무리 자기계발서를 읽고 자신이 원하는 인생을 살기 위해 뛰어도, 소망이 이루어지지 않는 이유의 비밀이 여기에 있다. 자신의 생각을 알아차리지 못하는 것에 있다. 2차, 3차, 4차의 망상소설이 에너지 총량을 차지하고 있으니, 문제해결 방법이 들어올 틈이 없는 것이다.

이때 단어를 구분했으면 좋겠다. 망상을 할 때도 생각이고 문제해결을 할 때, 창의성, 아이디어를 내야 할 때도 생각이라고 한다. 하나로 퉁쳐서 생각이라고 하기에, 망상의 생각을 하면서도 자신이 생각이 많은 사람이라고 착각하게 된다. 망상과 생각을 구분하여 사용하는 연습을 하는 것 자체가 망상임을 알아차릴 수 있는 길이다.

《티벳사자의 서》 책에서는 '인지는 해탈이다.'라는 표현이 자주 나온다. 알아차리면 해탈이라는 것이다. 해탈의 해는 '풀해(解)', 탈(脫)은 '벗을 탈', '기뻐할 태'이다. 문제가 풀리다, 문제에서 벗어나다, 문제가 풀려 기쁘다고 해석해보았다. 벌어지지 않은 막연한 미래의 불안에 '까봐' 이름을 붙인다. '이름 붙였다=알아차렸다'이다. 이제 2차 까봐의 망상소설을 쓰는 나를 알아차린다. '알아차렸다=해탈이다', 이 과정이 해탈의 과정이다.

해탈하기 위해 절간에 들어가고 계룡산 계곡 아래 앉아 수련해야 할 필요가 없다. 일상에서 충분히 가능하다. 알아차리고 이름 붙이는 과정이 수행이다. 생각을 끊는 작업이다. 생각이 고통을 만들기에, 다른 말로 표현하면 망상이 고통을 만들기에 생각을 끊으면 그것이 자유이고 그것이 해탈이다.

생각을 끊으라고 하면 다들 엄청 무서워한다. 내가 그랬다. 생각을 끊으라고? 어떻게? 그러면 어떻게 먹고살라고? 난 생각으로 먹고사는 사람인데? 생각해야 강의 프로그램을 만들고 PPT를 만들지, 어떻게 생각하지 말라고? 나보고 죽으라고? 하면서 생각을 놓으라는 말에 너무도 격분하며 거부했다. 생각이라는 단어를 구체화했더라면 그렇게 거부하지는 않았을 것 같다. 그래서 나는 조금 먼저 깨달은 이로서 단어에 이만큼 진심인 것이다.

용어, 단어를 이해하지 못하니 내 것이 되는 것에 힘이 들었다. 용어, 단어가 쉬워야 함이다. 이 툴만 알고 계속 알아차림만 연습하면 망상으로 가는 자신에게 '이제 그만'을 외치며 지금-여기에 머물 수 있다. 망상이 일으킨 불안으로부터 자유로워질 수 있다. 해탈할 수 있다. 아무것도 아니다. 누구나 약간의 연습만 하면 할 수 있다. 연습이라는 것이 고작 알아차림, 이름 붙이기, 2차 알아차리기 정도다.

이 쉬운 것을 위해 나부터가 장장 8년이라는 세월을 가부좌 틀고 매일 앉아서 참선이라는 것을 했다. 물론 참선이 주는 조화가 있어 자주 참선을 한다. 참선이 생각 알아차림에 힘을 주는 것도 맞는 말이다. 그러나 참선만으로 생각을 끊을 수는 없다. 실컷 가부좌 틀고 앉아 명상, 참선하고서도 일상에서 2차 망상소설을 쓰는 본인의 생각 프로세스를 파악하지 않으면 참선과 깨달음은 영원한 수평선인 것이다.

바야흐로 일상에서 수행하는 수행자들의 시대가 도래했다. 수행자라고 하니 거창하게 들릴 수 있겠다. 그런데 이 책은 수행자, 참선, 이런 것들로부터도 자유롭기를 원하여 내게 된 책이다. 최대한 사례들을 중심으로 누구나 알아들을 수 있게, 누구나 생각을 끊을 수 있게, 그래서 불안한 마음에서 자유로워지기를 바라는 마음에서 책을 내게 된 것이다.

뇌 기반 학습에서 말하길, 대뇌변연계는 감정을 담당하는 곳이며, 이곳이 안전하다고 여기면 대뇌신피질로 신경전달물질을 전해주고 비로소 그때 대뇌신피질은 학습을 하려고 한단다. 안전, 안(편할 安)하다고 여기면 학습을 잘 일으키게 한다는 것이 과학에서도 밝혀졌다.

집중력을 향상시키거나 업무나 학업의 능률을 올리고 싶다면 우선 안(安)해지면 된다. 불안을 안(安)으로 바꾸면 집중력은 향상된다. 불안(不安)의 불(不)을 알아차리면 된다. 무엇이 나를 불안하게 했는지 그 생각을 찾는 것이다. 그리고 그 생각에 이름을 붙인다. 알아차림이다. 그러면 불안이 해소된다. 안

(安)해진다. 편안해진다. 집중력이 향상된다.

불안한 감정, 알아차리지 못함이 학습저하, 과잉행동, 무기력, 틱 등의 문제행동 증상을 일으킨다. 문제행동 증상이 일어나는 원인을 찾아 거슬러 올라가면 우리에게는 모두 만족하고자 하는 욕구가 있다. 이 욕구가 실현되면 행복하여 문제행동 증상은 서서히 사라진다.

만족하는 것에는 두 가지가 있다. 채워서 만족하는 것과 비워서 만족되는 것이다. 채워서 만족해도 오케이고 비워서 만족해도 오케이다. 어느 것이든 선택한다. '거짓 갈등'으로 선택을 미루는 것이 아니라 채우는 것이든 비우는 것이든 선택하면 만족되어 문제행동 증상은 사라진다. 편안한 감정이 되면 문제행동 증상 사라짐, 집중력 향상 등 좋아지는 것이 헤아릴 수도 없이 많다.

혹자는 편안하면 심심하지 않냐고 한다. 맞다. 심심하다. 그러나 이 심심함이 참으로 좋다. 에리히 프롬의 《사랑의 기술》을 한마디로 요약해보라고 하면, '사랑은 심심해야 해.'라고 말할 수 있다. 함께 가되 따로 가고 따로 가되 함께 가는. 함께여도 좋고 따로여도 좋고, 이래도 괜찮고 저래도 괜찮은 서로의 마음에 바람이 통하는 편안한 인간관계. 이런 관계가 부모와 자녀 사이에서 흐른다면 자녀는 자신이 원하는 자신이 될 것이다. 부모의 불안으로 자녀까지 불안하게 만들고, 자녀가 불안해한다며 그 모습을 지켜보는 부모가 또다시 불안해하는 악순환은 모두 알아차리지 못해서 생기는 것이다.

알아차림을 알았다고 해서 그것이 하루아침에 이루어지지는 않는다. 기존의 생각습관을 하루아침에 바꿀 수는 없으니 꾸준히 연습을 해야 한다. 연습을 자주 하다 보면 불안한 감정은 200%에서 100%로, 20%로 점점 내려감을 느낄 수 있다. 나처럼 트라우마가 있는 사람들은 조금 더 연습해야 한다는 것만 미리 알고 있으면 해낼 만하다. 의외로 들여다보고 알아차리는 것, 재미난다. 나의 자기중심성과 자기애를 알아차릴 때 아프기도 하지만.

'까봐'에
숨은 욕심

부산 유아진흥원에서 유치원 교원연수를 〈까봐카드〉 워크숍으로 한 적이 있다. 워크숍이다 보니 조별 활동을 하게 된다. 조별로 앉아 〈까봐카드〉를 고르게 하고, 왜 그 카드를 골랐는지를 나누기한다. 각자가 고른 카드를 나누는 이야기를 하는 모습을 지켜보며 강의실을 돌아다닌다. 한 선생님께서 고른 카드를 가지런히 책상 위에 펼치며 이야기를 하신다.

"저는 실수하고 싶지 않은 욕심에 '실수할까봐'를 골랐고요. 사랑받고 싶은 욕심에 '사랑받지 못할까봐'를 골랐고요. 인정받고 싶은 욕심에 '인정받지 못할까봐'도 골랐습니다."

담백하게 발표하는 모습을 보고 깜짝 놀랐다. 그렇다. '까봐'

라는 망상이 오기 전에 환상 속의 욕심이 먼저 온다는 것을 알아차린 말씀이었기 때문이다. 불안하다고 하지만, 그 안을 더 깊게 들여다보면 본인의 욕심이 있을 수 있고, 이룰 수 없는 마술적 사고가 있을 수 있다.

발표불안이 있던 강안씨는 '발표를 못하면 사람들이 자신을 찌질하게 보고 뒷담화를 하며 따돌리고 싫어할 것이다.'라는 망상의 인지도식을 가지고 있었다. 2차, 3차의 망상소설을 쓰는 생각습관을 가지고 있었던 것. 강안씨 생각대로 발표를 못하면 사람들에게 욕먹을 수도 있다. 그러나 누군가는 같은 처지라며 공감할 수도 있다. 그건 모르는 일이다.

강안씨는 더 들여다보았다. 타인이 자신에 대해 나쁘게 이야기하지 않았으면 좋겠다는 마음이 있다는 것을 알아차렸다. 욕먹고 싶은 사람이 어디 있겠는가? 그러나 그들이 욕하고 싶다고 하는데, 내가 어찌하겠는가? 그들에게는 그들의 자유가 있다. 다만 나에겐 듣지 않을 자유가 있다. 그들이 함부로 이야기하는 것, 그들의 감정 쓰레기통이 되지 않기를 선택하는 자유는 나에게 있다.

'나는 욕먹으면 안 돼, 나는 행복해야 해, 나는 불행하면 안 돼, 나는 사고 나면 안 돼.' 등의 타인의 사고를 통제하고 싶은 마음, 미래를 내 마음대로 통제하고 싶은 마음과 있을 수 없는 일을 막연히 원하는 마술적인 욕심이 우리 안에 똬리 틀고 있다. 강안씨만 이런 것이 아니고 우리 모두는 이런 생각습관을 가지고 있다. '나에겐 불행이 일어나면 안 된다. 불행은 나쁜 것이다. 욕먹는 것은 나쁜 것이다.' 등의 생각을 가지고 있고 이것은 나의 틀이 되어버렸다. 생각의 틀에 갇혀 이 안에서 빙빙 도는 것이다. 타인이 나를 좋게 이야기했으면 하는 마음, 욕먹기 싫은 마음이 '욕먹을까봐'라는 불안을 만들고, 이런 생각 안에 갇혀 이랬다저랬다 하는 것이다.

몇 년 전 〈사랑의 불시착〉이라는 드라마가 유행했다. 본방 사수하면서 손예진과 현빈의 사랑에 흠뻑 빠져 드라마를 즐겼다. 두 사람이 알콩달콩하는 게 얼마나 예쁘던지. 손예진을 위해 땅굴을 파서 남한까지 내려온 현빈이 얼마나 멋지던지. 둘의 꽁냥꽁냥 사랑을 보면서 내 남편을 본다. 나도 모르게 아주 자연스럽게, 그것도 아주 자동으로 현빈 자리에 실존하는 내 남편을 가져다놓고 나는 손예진이 되어 있다. 그러자 현빈처럼 해주지 않는 남편이 밉다. 기분이 나쁘다. 내 현실이 불행해진다. 나는 상처받은 비련의 여주인공이 되어버렸다. 남편에게 현빈과 같은 사랑을 받지 못한 아내로 나를 추락시키며 상처받아 아파하며 울고 있다.

　이 예시를 특히 유치원, 초등학교 학부모 연수에서 나누면 엄마들이 무릎을 치며 박장대소를 하고 공감하신다. 제정신이 아닌 내 모습을 고백하면 맞다 맞다 하시며 자신들도 그렇다며 공감하신다. 나의 제정신이 아닌 사례가 엄마들을 알아차리게 돕는다. 유머로 승화하여 웃지만 뼈 때리게 아픈 진실이다.

　나는 아주 어릴 때부터 로맨틱 만화, 소설, 영화에 빠져 있었다. 무의식에 아주 깊게 그려놓았던 것 같다. 백마 탄 왕자, 나를 구하러 목숨을 바치는 남자, 나를 공주처럼 대해주는 남자. 남자에 대한 상상, 환상, 이미지를 세밀하게 그려놓고 있었던 자신을 알아차렸다. 나는 계속 내가 그린 상(像, 이미지)과 남편을 비교하여, 슬펐다가 기뻤다가 원망했다가 미워했다가 슬펐다가 기뻤다. 남편은 그냥 보통의 사람인데 말이다. 나는 가상의 인물을 무의식적으로 설정해놓고 설정한 환상의 남자상을 가슴에 품고 현실 남편과 비교하며 살았던 것이다. 제정신이 아니었다.

　들여다보기, 알아차림 연습을 며칠 해보고는 '왜 안 되냐?'

226

며 따지듯 물어오는 사람들이 있다. '나는 왜 선생님처럼 안 되냐?'며 울며 보채는 사람들도 있다. 이럴 땐 '마술적 사고'라고 일러준다. 한 번에 다 이루어지기를 바라는 마음, 이 마음은 있을 수 없는 것을 원하는 마음이다. 아무리 노력해도 되지 않는다며, 자기비하, 자기혐오를 하고 자신을 닦달하는 마음. '왜 선생님처럼 빨리 안 되냐?'고 닦달하며 야단치는 나는 누구인가? 자기비하를 하는 나는 누구인가? 부족하다고 여기며 야단치는 나는 누구인가?

　내가 만들어놓은 이상자아, 환상자아이다. 이상(理想), 환상(幻想), 판타지다. 본인이 설정해놓은 환상자아, 이상자아에서 자신을 부족하다며 야단친다. 나는 어디서 야단을 치는 것인가? 나는 어디에 있는 것인가? 자기비하가 시작되는 그 순간, 나는 환상자아, 이상자아에 있다고 알아차린다. 나는 지금 환상자아에서 나를 부족하다고 야단치고 있구나를 알아차린다. 내가 만들어놓은 환상에서 나를 야단치고 있구나를 알아차린다.

　그리고 자기비하 대신에 자신에게 친절하기, 상냥하기를 선택한다. 자신을 달래면서 살살 가르치면 된다. 자신과 친구하기, 이거 은근 재미있다. 나는 자주 '주은아'라고 나 자신을 부드럽게 부르며, 나와 친구하기를 선택하여 자기비하를 멈출 수 있었다.

몇 년 전 암 진단을 받고 투병 생활을 힘들게 버티어낸 나이 차 많이 나는 친한 언니가 있다. 살면서 가장 후회되는 것에 대한 이야기를 나누던 중, 아이들은 공부 다 시켰고 고생하여 집도 장만했는데, 가장 미안한 사람은 바로 나 자신이라는 이야기를 하면서 눈물지었던 기억이 있다. 자신의 몸에서 보내는 신호, 자신의 마음에서 원하는 것들을 들어준 적 없이, 채찍으로만 자신을 계속 몰아붙여 이 지경에 이르렀다며 본인에게 가장 친절했어야 했다고 언니는 자신의 삶을 회고했다.

　강안씨는 들여다보는 것이 점점 재미있다며 '절대 이러이러해야 한다.'는 것들을 더 찾아왔다.
　"선생님, 저는 '식사는 꼭 온 가족이 매일 함께 먹어야 한다. 아이들은 몇 시까지 들어와야 한다. 우리 가족은 행복해야 한다. 꼭 집밥을 먹어야 한다. 밥 먹기 전에 간식을 먹어서는 안 된다. 아이들 앞에서는 부모가 싸우는 모습을 보이면 안 되고 행복한 모습을 보여야 한다. 식구들은 엄마가 해놓은 음식을 맛있게 먹어야 한다. 엄마는 아이들과 놀아줘야 한다.' 등의 생각이 있어요. 오늘 안에 다 말할 수 있을까 싶을 정도로 많네요.
　선생님, 저 왜 이러고 살았을까요? 그게 뭐라꼬요. 같이 식사하면 좋지만 못할 수도 있잖아요. 내가 음식 솜씨가 별로인데 맛있다고 안 할 수도 있잖아요. 왜 그렇게 한마디 한마디에 끄달렸을까요? 좀 놓아버리면 어때서요. 가족이 함께하면 좋은 건 맞지만, 내가 원하는 대로 안 될 수도 있잖아요. 내가 강박을 만들었어요. 다 내가 만들었어요. 폭력 가정에서 시달리다 보니, 아주 어릴 때부터 만들었던 것 같아요. 부모님이 싸울 때마다 환상적인 가족의 그림을 만들었던 것 같아요. 나에게는 너무도 또렷한 그림이에요. 놓고 싶지 않았어요. 놓으면 우리 가족이 붕괴될까봐요. 우리 가족이 원가족처럼 될까봐요. 지금 제 가족은 원가족이 아닌데, 저는 착각하고 있었네요. 무엇을 잡고 있었던 걸까요? 허탈하네요. 허무하기도 하구요."

강안씨는 더 들여다보고 더 알아차리면서 욕심을 내려놓는 연습을 하여, 점점 편안해지고 있다. 내가 왜 고통스러운지, 자신의 생각을 잘 들여다보면 찾을 수 있다. 본인이 어떤 상(像)을 만들었는지, 어떤 환상적인 설정을 해놓았는지를 잘 들여다보면 찾을 수 있다. 자기비하하는 나를 찾고 그만 멈추어야 한다. 자기비하하는 나는 가짜 나이다.

이상적인 자아를 추구하는 것은 바람직하다. 나는 지혜로운 선생, 학생들이 인생에 대해 질문하면 즉답을 해줄 수 있는 선생, 따뜻하고 포근한 엄마 등의 이상적인 자아상을 만들었다. 이러한 이상적인 자아가 되기 위해 노력했다. 하지만 '만일 따뜻한 엄마가 되지 못하면 어쩌지?' 같은 불안은 없었다.

그러나 강안씨의 경우, 이상적인 가족상에 대한 강박적인 불안이 있었다. 본인의 로망이 실현되지 '못할까봐'에 대한 불안과 꼭 행복해야만 하고 불행해서는 안 된다는 강박이 있었다. 그녀는 하물며 교통체증까지 두려워하며, 교통체증이 없는 시간대에 움직이는 것까지 통제하려고 했다. '나는 고통스러우면 안 된다. 나는 힘들면 안 된다. 나는 불행하면 안 된다.'

는 욕심이 그녀의 강박적인 불안을 만들었던 것이다. 하지만 지금 강안씨는 강박의 불안이 올라오면 알아차리게 되었다. 욕심을 내려놓음으로써 그녀는 점점 편안해지고 있다.

받아들임,
놓아버림

강안씨와의 상담에서는 받아들임 연습으로 '죽음명상'을 알려주었다. 하루에 적어도 3회, 아침에 눈뜨면서, 점심 먹으면서, 자기 전에, 수시로 죽음을 받아들이는 연습을 시켰다. '나는 불행해도 된다. 나는 행복하기만 할 수 없다. 나는 아플 수 있다. 나는 힘들 수 있다. 나는 고통스러울 수 있다.'는 말을 하루에도 몇 번씩 하게 했다. 암 진단을 받은 친한 언니에게도 이 연습을 하게 했다. '나는 죽는다. 나는 언젠가는 죽는다. 나는 죽는다는 것을 안다. 나의 죽음을 받아들인다. 우리는 죽는다. 죽는다는 것만큼은 틀림없다.'는 말들을 속으로 계속 생각하며 마음으로 받아들이는 연습을 하게 했다.

이런 것을 알려주었을 때, 다들 처음에는 못 받아들이겠다는 표정을 지으며 고개를 절레절레 흔든다. 그때마다 받아들이고 싶지 않고 부정하고 싶은 것도 계속 반복하다 보면 자연스럽게 익혀진다는 말을 반복하며 연습에 집중시켰다. 반복을 거듭하면서 그녀들은 조금씩 본인이 불행할 수 있음을, 죽는다는 사실을 받아들였다. 받아들일 때, 불행하고 싶지 않은 마음을 관찰하여 내려놓는 연습도 시켰다. 불안을 만드는 것에 욕심이 있다. 욕심을 내려놓으면 자연스럽게 불안이라는 감정은 사라진다. 원인값인 욕심을 소멸함으로써 결과값인 불안도 함께 사라지는 것이다.

진안씨와의 인연은 10년이 훨씬 넘는다. 몇 년에 한 번씩 무슨 일이 생길 때마다 급하게 상담을 받고 싶다고 했는데, 상담은 지지부진하게 진도가 잘 나가지 않았다. 이런 식의 상담은 바람직하지 않다고 여겨 지난해부터는 주 1회 지속적으로 상담을 진행하고 있다. 진안씨는 그 사이에 이혼을 하는 힘듦을 겪었다. 아이들은 부모가 이혼한 것을 눈치로 아는 것 같은데, 그녀는 자녀에게 직접 말하지 못하고 아빠가 어디 갔다고 속이며 아이들에게 들킬까봐 불안에 떨었다.

들킨 것 같지만 들킬까봐 불안해하는 이 지점부터 하나씩 문제를 풀어가기로 했다. 직면할 것인가 계속 숨길 것인가 중 하나를 선택하게 했다. 결국 말해야 한다는 선택을 하고 그녀는 아이들에게 이혼사실을 밝혔다. 살림살이가 팍팍함에도 한부모 가정 지원을 신청하지 않아, 급식비 등 정부 도움을 전혀 받지 못하고 있었는데, 그녀는 남들에게 이혼녀로 보이는 것을 불안해했고 수치스러워했다. 이것도 직면하여 한부모 가정 지원을 신청할 것인가, 아니면 이혼 사실을 계속 숨길 것인가 중 하나를 선택하게 했다. 그녀는 한부모 가정 지원 신청을 해서 급식비 등을 지원받았다.

또한 그녀는 아이들에게 많은 체험 활동을 시키고 학원을 보내고 싶어 했지만 살림살이에 대한 불안이 있었다. 하지만 형편껏 살아야 함을 선택했다. 진안씨는 매번의 선택에 불안해했고, 매번의 직면에 벌벌 떨며 한고비 한고비를 겨우 넘겼다. 받아들이고 문제를 해결할 수도 있지만, 진안씨처럼 문제를 직면하면서 받아들이는 것을 배울 수도 있다.

그녀는 매번의 경험을 통해 조금씩 이혼한 현실을 받아들였다. 본인의 현실을 부정했지만, 자세히 들여다보니 '괜찮다.'는 것을 알게 되었다. '남들이 어떻게 볼까봐'라는 망상에서 소설을 쓰며 불안했던 것이지, 현실은 직장도 있고 따뜻한 집도 있고 차도 있고, 남들과 비교하면 작을 수 있지만 비교가 없다면 그지없이 감사한 환경, 현실이라는 것을 깨달았다.

진안씨가 받아들이자, 아빠의 부재를 부정하던 아이들도 형편껏 살아야 함을 받아들였다. 그러고는 며칠 전에는 엄마에게 이혼할 수밖에 없었던 사정을 이제는 자신들도 이해한다고 하더란다. 이 말을 듣는데 가슴뼈가 벅적지근했다. 그녀의 노고를 누구보다 가장 잘 아는 나이기에. 치열하게 직면하며 역경을 이겨내고 감사함으로 하루를 살고 있는 그녀의 삶을 진심으로 응원한다.

이안씨는 27세에 남편을 여의고 혼자 힘으로 아들을 키워냈다. 아빠 없는 자식 소리를 듣게 하고 싶지 않아서 아이가 조금이라도 원하는 것이 있는 것 같으면 빚을 내면서까지 아이를 위해 헌신했다. 그러다 보니 한번 진 빚은 점점 불어나 빚으로 빚을 갚는 형국이 되어 결국 하우스푸어가 되어버렸다. 들여다보니, 그녀는 아들에게 아빠가 없다는 현실을 마음으로 받아들이지 못하고 있었음을 알아차렸다. 근래에 이안씨로부터 아래와 같은 문자가 왔다.

'선생님, 제가 하우스푸어더라구요. 아들에게 아빠가 없다는 걸 느끼게 하고 싶지 않아서, 형편이 힘듦에도 불구하고 놀것 다 놀고, 해줄 것 다 해주고, 내 가랑이가 이렇게 찢어지고 있었더라구요. 엄마 혼자 벌어야 하는데, 여느 가정처럼 캠핑 가고 놀고 쉴 것 다 쉬고, 그러면서 아들이 원하는 거 다 해주고, 그러니 빚이 쌓여가더라구요.

망각했던 것 같아요. 내가 한부모 가장인 것을 자각하지 못했던 것 같아요. 받아들이지 못하여 형편이 이렇게 된 것 같아요. 아들에게 처음으로 '재안아, 너는 아빠가 없다.'고 내 입으로 말했네요. 재안이도 이제 정신 차리고 저에게 기대지 않고 독립적으로 잘하고 있습니다.'

원하지 않는 현실이라고 부정할수록 문제해결 방법을 찾는 것이 힘들다. 받아들이면 이제 내가 무엇을 해야 하는가를 알 수 있다. 받아들이면 무엇을 놓아야 하는지도 알게 된다. 받아들이면 지금 가진 것에 감사하게 된다. 받아들이는 과정에서 타인과 비교하며 살았다는 것을 알아차리게 된다. '비교하는 나'를 내려놓게 된다. '타인과 비교하는 나'는 내가 아니다. 가짜다.

내가 무엇이기에 아프면 안 되는가? 내가 무엇이기에 불행하면 안 되는가? 도대체 내가 무엇이기에? 나도 불행할 수 있다. 나도 아플 수 있다. 나도 힘들 수 있다. 나도 고통스러울 수 있다. 나도 욕먹을 수 있다. 나도 비난받을 수 있다. 대관절 요놈의 '나'는 누구인가?

'나'라고 외치는 이놈은 내가 아니다. 그러나 이놈이 너무도 '나'처럼 생각하고 움직인다. 이놈이 괴롭다. 이놈이 고통스럽다. 이놈은 아집이며 집착이며 망상의 생각 덩어리다. 이놈은 문화가 만든 생각의 대물림이며, 어린 시절 결핍으로 인한 환상적인 이야기의 생성자이며, 이놈은 타인에게 어떻게 보이는가에 집착하며, 불안하다고 고통스럽다고 울부짖는 놈일 뿐이다. 모두 가짜다.

나는 욕먹을 수 있어요.

나는 인정받지 못할 수 있어요.

나는 미움받을 수 있어요.

누군가 나를 싫어할 수 있어요.

나는 불행할 수 있어요.

......

나는 왜 이런 것들을 당하면 안 되나요?

내가 뭐간데요?

4장   불안과 평생
거리 두기

쉬어 가도 괜찮아,
천천히 가도 괜찮아

　누구도 내게 한 번이라도 괜찮다는 말을 해준 적이 없는 것
같다. 한 번이라도 괜찮다는 말을 들은 적이 없다. 늘 나를 채
찍으로 때렸고, 그래서 나는 힘들고 어려운 것이 당연하다고
여겼다. 어느 책에서 보았는지 기억나지는 않는다. 쉬어가도
괜찮다는 말을 처음 본 날, 이 문장 앞에서 망연자실하여 울었
던 기억이 난다. '괜찮다!'는 말은 큰 안도를 주었다. 더 뛰어야
하는 줄 알았고 더 잘해야 하는 줄 알았는데, 세상에나 쉬는 것
이 괜찮단다. '괜찮다.'는 것을 처음 알았다. 문화 충격 같은 것
이었다. 집 안에서도 뛰어야 하는 줄 알았는데. 쉬면 큰일 나는
줄 알았고 그만큼 불안했는데. 불안해하며 달려야 하는 것이

당연한 줄 알았다. 뭘 더해야 하는 줄로만 알았다. 그래야 하는 줄 알았다.

어릴 때 엄마가 집 안에 걸어둔 가훈은 이랬다.
'잠에게 내 인생을 빼앗기지 마라.'
낮잠이라도 잘 때면 '게으르다, 어디에다 쓰겠느냐?'라고 자책하며 잠에 대한 죄의식에 갇혀 살았다. 나는 잠으로 기력을 보충하는 체질이라는 것을 아주 뒤늦게 알았다. 그 이전에는 그저 스스로를 게으른 인간이라며 자기비하하는 것이 일상이었다. 이런 나에게 쉬어가도 괜찮다니, 얼마나 위로가 되었는지 모른다.

쉬는 것도 연습이 필요했다. 내 집임에도 불구하고 내 집에서 편히 쉬지 못한다는 것을 알았을 때는 충격이었다. 스위트 홈이라는 말이 있건만, 내 집에서도 부지런하지 않으면 눈치를 보고 있었다. 내 집에서도 낮잠조차 야단맞을까봐 편히 자지 못했다. 이런 나에게 '쉬어도 괜찮다.'고 말해주는 글귀가 있었다. 이걸 잡기로 했다.

눈치 보지 않고 집안에서 당당해지는 노력 같은 것은 하지 않았다. '눈치 보는 나'를 알아차리고 '눈치 보는 나'를 내려놓았다. 그러고는 집안에서 노는 연습을 해보았다. 드라마를 보는 연습은 '눈치 보는 나'를 알아차리는 데 도움이 되었다. 드라마를 보면서 누가 야단칠 것만 같고 잘못 살고 있는 것 같은 기분을 알아차리기에 좋았다. 드라마는 보면 안 되는 것, 빈둥거리며 노는 것은 나쁜 것이라는 왜곡된 신념의 틀을 알아차리기에 좋았다. 자극이 없으면 반응하지 않기 때문이다. 드라마를 보는 자극은 불편한 감정들이 올라오는 반응을 알아차리기에 좋았다. 자신을 비난하지 않고 몰아붙이지 않고 쉼을 허락하며 불편하게 올라오는 죄의식과 조바심을 내려놓으니, 오히려 몸과 마음이 가벼워졌다.

　나처럼 마음으로 쉬지 못하는 분들에게 '쉬어도 괜찮아요.'라고 말씀드리면 다들 놀란다. "쉬면 안 되는 줄 알았어요. 쉬어도 괜찮다는 말을 처음 들은 것 같아요. 선생님, 저 진짜 놀아도 되나요? 뒹굴거려도 되나요? 쉬어도 되나요? 정말요?"라며 눈을 동그랗게 뜬다. 쉬어도 된다는 것을 처음 들었다고 한다. 게다가 이것을 대놓고 말해주는 사람이 있다니, 그들은 놀라며 안도했다.
　"선생님이 쉬어도 된다고 하셔서 쉬어보았어요. 놀아보았어요. 그래도 괜찮다는 걸 이제 알았어요."라는 말을 들으면 그 마음이 어떠한 것인지를 나도 그랬기에 잘 안다. 쉬어도 되는

지 안 되는지조차 모르며 깨어 있지 못하고, 쉬는 것에 죄의식
과 수치심을 가진 우리들에게 전하고 싶은 말.

"쉬어가셔도 괜찮습니다. 쉬어도 괜찮습니다. 괜찮습니다."

실수해도
괜찮아

주입식 교육을 받고 자란 내가 참여식 교육으로 강의 스타일을 바꾸려고 하니 어려웠다. 액티비티라는 강의들을 찾아다니면서 수업을 들었지만, 활동을 몸에 익히는 것은 내 스타일과 맞지 않았다. 그렇게 한동안 강의 스타일을 변형해야 한다는 강박 속에서 강의를 하다가 어느 여고에서 전 학년을 다 재워버린 사건이 있었다.

겨울이었고, 강당은 히터로 뜨끈뜨끈했고, 전 학년을 수용하기에는 좁은 강당이었다. 아이들은 촘촘히 계단에 앉아서 나의 특강을 들어야 했다. 패딩 점퍼와 뜨끈한 히터, 그리고 나의 재미없는 강의로 인해 계단에 앉은 아이들부터 졸기 시작하더니, 거의 전원이 조는 사태가 발생했다. 특강을 마치고 출구로 나오면서 아이들 앞에서 도저히 고개를 들 수 없었다. 강의를 이렇게 망친 일은 처음이었다. 나답지 않은 강의를 흉내 내다가 이런 초유의 사태가 발생한 것이다. 부끄럽고 수치스러웠고, 겨우겨우 주차장으로 고개를 푹 숙이고 가서 차 안에서 핸들에 머리를 계속 처박았다. '왜 그딴 식으로 강의를 했냐?'고 나를 계속 다그쳤다.

다그치는 소리와 뒤엉킨 듯, 귓가 저 멀리서 아련히 '괜찮아!'라는 소리가 들리는 것 같았다. 아무도 없는 차 안에서 핸들에 고개를 처박고 자기비난, 비하, 폄하를 하고 있는 나에게 아주 작은 속삭임이 들린 것이다.

'괜찮아.'

이 작은 목소리 덕분에 나에게 소리치며 야단치는 그 순간을 잡고 바라볼 수 있었다. 그동안 내가 나를 어떤 식으로 야단치며 살았는지가 한 편의 영화를 보듯 눈앞에 스크린처럼 펼쳐졌다. 그 스크린에는 계속 채찍으로 끝도 없이 나를 때리며 몰아세우고 야단치는 내가 있었다.

'이것밖에 못하는 인간이냐? 이럴 바엔 차라리 죽어버려.'

무릎을 감싸안고 한없이 맞고 또 맞고 있는 아이, 채찍으로 너무 많이 맞아 온 옷이 너덜너덜 찢겨진 아이, 아무 말도 못하며 맞는 것에 이력이 난 듯 고개를 무릎 사이에 처박고 삶을 체념한 아이가 보였다. 그 아이를 한참을 먹먹하게 바라보았다. 나는 나의 피해자이자 최고의 가해자였다. 그 아이를 안아주어야 했다. 더 이상 이렇게 맞게 놔둘 수는 없었다. 채찍을 든 손을 내려놓고 찢어진 옷 사이로 나온 찢긴 살갗을 보듬으며 '괜찮아. 실수해도 괜찮아.'라며 안아주었다. 그 아이는 비로소 무릎 사이로 처박고 있던 고개를 들어 나를 바라보았다. 그날의 하늘은, 겨울비가 추적추적 내리고 있는 학교 주차장에서 마주한 그 아이와 나의 조우가 한줄기 빛을 더해 밝게 빛났다.

'괜찮아, 실수해도 괜찮아, 부족해도 괜찮아.'라고 마음으로 이야기하며 이제는 두 번 다시 이렇게까지 스스로를 야단치지 않을 것을 약속했다. 전교생을 재웠던 그날의 큰 실수는 나를 살리는 구원이 되었다. 그날 실수에 함몰되지 않고 '괜찮아'로 나를 세울 수 있었다. 그동안 내가 어떻게 함몰되었는지 명료하게 보게 되었고 어떤 식으로 몰아세우는지도 명확하게 알게 되었다.

내 인생의 가장 큰 가해자는 바로 나였다. '나를 사랑하라.'는 말이 이때 무슨 뜻인지 알 수 있었다. 그동안 나에게 사랑은 없었다. 마치 쩍쩍 갈라진 메마른 땅처럼 내 마음밭에는 사랑의 물 한 방울이 없었다. 사랑이 뭔지를 모르는 흙먼지투성이였다. '괜찮아'라는 위로는 그 메마른 땅에 따뜻하게 내려앉아, 사랑의 씨앗을 심어주었다.

자신을 나처럼 몰아붙이는 분들에게 진심으로 당부한다.
"실수해도 괜찮아요. 부족해도 괜찮아요. 틀려도 괜찮아요."

두려워도 한번 해보자,
떨려도 한번 해보자,
한 번만 더 해보자

〈디다봐학교〉 소개는 이렇게 하고 있다.

'내 마음을 들여다보는 곳에 오심을 환영합니다. 자신을 더 잘 들여다볼 수 있도록 제가 아는 것들을 공유해드리고자 합니다. 나를 아는 것도 공부를 해야 합니다. 자신을 알고 더 나아가 깨달을 수 있는 길에 조금이나마 역할을 할 수 있기를 바라면서 오픈 채팅방을 열었습니다. 천천히 그러나 기필코 '나'가 되는 길로 가봅시다.'

이곳에서 '책 부수기 프로젝트'를 진행하고 있다. 한 달에 한 권의 책을 독서치유 프로세스인 동일시-카타르시스-통찰의

순으로 읽고 쓴다. 자신을 들여다보는 글쓰기 프로젝트다. 비대면으로 온라인 카페에 글을 쓰는 형식으로 진행한다.

매일 올라오는 글들에 피드백을 해드렸다. 그들의 민낯 이야기, 날것 이야기, 취약한 이야기들이 아름답고 소중했다. 공저책으로 만들어드리고 싶었다. 그래서 한 권이 끝나면 바로 공저책을 출판하는 시스템을 만들어드렸다.

《수치심의 치유》를 읽고 《나의 수치심 고백》,《몸에 밴 어린시절》을 읽고 《어린 나와의 만남》,《미움받을 용기》를 읽고 《미움받으면 어때요? 내가 뭐간데요》,《거짓의 사람들》을 읽고 《나의 거짓(아) 고백》,《싯다르타》를 읽고 《내가 되는 길》을 공저책으로 만들었다.

매번 공저책 제목을 짓고 감수와 편집을 하고, 문헌센터에 등재했다. '내가 되는 길'에 진심이었던 그분들에게 내가 드릴 수 있는 작은 선물이었다. 그리고 그분들을 무대에 세워 충분히 응원해드리고 싶었다. 공저 출판회와 강연회 무대도 만들었다. 강연자 신청을 받아 강연 연습도 했다. 첫 강연회에서는 다섯 분이 강연을 하시기로 했다. 다섯 분은 사시나무 떨듯 떨셨다. 너무 떨려 집으로 도망가는 분도 있었다. 부디 안 떨고 강연하고 싶다는 분들에게 말씀드렸다.

"떨면서 하는 겁니다. 울면서 하는 겁니다. 두려워하면서 하는 겁니다. 울면 우는 겁니다. 떨리면 떠는 겁니다. 그냥 나를 그대로 놓아버리세요. 안 떨기 위한 어떤 노력도 하지 마세요. 떨어도 괜찮습니다. 울어도 괜찮습니다."

강연자는 전원 떨었고 울었으며, 공저 출판회에 오신 모든 분들은 '괜찮아'를 외치며 응원했다. 그분들은 떨면서, 울면서 강연을 했다. 그 뒤로도 디다봐학교의 공저 출판회에서 강연자들은 매번 떨고 우리는 "떨어도 괜찮고 울어도 괜찮고 불안해도 괜찮습니다."라고 응원한다.

누가 떨지 말고 힘내라고 하는가? 듣지 말았으면 좋겠다. 떨어도 괜찮다. 어리바리해도 괜찮다. 부족해도 괜찮다. 실수해도 괜찮다. 울어도 괜찮다. 떨면서 한 번이라도 하다 보면 익숙해진다. 익숙함의 문제인 것이지 떠는 것이 문제가 아니다. 그것을 문제라고 생각하며 자신을 비난하지 않았으면 좋겠다.

나라도 내 편이어야 한다. 나라도 떨고 부족하고 어리바리한 나를 받아주어야 한다.

꽃길만 걸을 순 없어, 그래도 괜찮아

〈까봐카드〉와 세트로 만든 〈괜찮아!카드〉가 있다. '까봐'의 불안한 마음을 위로해주고 괜찮다는 응원을 해주고 싶어서 만든 것이다.

'불안심리예방지원 프로그램'으로 초등학교 아이들에게 수업할 때의 이야기다. 아이들과 〈까봐카드〉로 본인의 불안을 알아차리게 하고, 조별 활동으로 본인의 '까봐'를 나누기하게 했다. 나누기가 끝나면 다시 〈괜찮아!카드〉를 책상 위에 펼치고 서로에게 해주고 싶은 위로와 응원, 본인에게 해주고 싶은 위로와 응원을 고르고 나누게 했다.

초등 3학년부터는 아이들이 의외로 '꽃길만 걸을 순 없어, 그래도 괜찮아' 카드를 고른다. 고른 카드를 집어들더니 말한다.

"선생님, 꽃길만이 어디 있어요. 없어요. 꽃길만 있다는 응원은 너무 뻔해요. 와닿지 않아요. 그런데 차라리 꽃길만 있지 않다고 하니까, 이게 더 와닿아요. 이런 현실적인 조언이 더 좋은 것 같아요."

초등학교 4학년 호안이에겐 온갖 '까봐'가 있었다. '북한이 쳐들어올까봐, 지진 날까봐, 전쟁 날까봐, 지구가 망할까봐' 등으로 불안을 호소하며 센터에 왔다. 동글동글하게 생긴 귀여운 얼굴로 전쟁 나면, 지구가 망하면 어떻게 하냐고 눈동자가 흔들리던 모습이 아직도 선하다. 호안이에게 이순신 장군의 '살려면 죽을 것이고 죽으려면 살 것이다.'를 이야기해주고 〈괜찮아!카드〉를 내밀었더니, 그 중에서 '꽃길만 걸을 순 없어, 괜찮아' 카드를 고르면서 이렇게 말했다.

"선생님, 내가 살려고 해서 불안했네요. 내가 정할 수 있는 게 아니었는데 말이에요. 이순신 장군님 말씀처럼 죽으려 할게요. 내가 안 죽으려고 한들 언젠가는 죽는 것인데 말이에요. 이런 말이 있는지 오늘 처음 알았어요. 그래서 사람들이 상담이라는 것을 받나봐요. 이순신 장군님 말씀을 불안할 때마다 기억해야겠어요. 마음이 편안해졌어요.

그리고 여기에 있는 '괜찮아!카드' 중에서 이것요, '꽃길만 걸을 순 없어, 괜찮아'가 좋네요. 그동안 꽃길만 있어야 한다고 생각했던 것 같아요. 이런 응원을 많이 보았어요. 꽃길만 걸으라는 응원 많이 봤어요. 그런데 이렇게 생각할 수 있네요. 꽃길만 걸을 순 없다는 말이 더 좋아요. 꽃길만 있을 순 없잖아요. 살다가 보면 별일이 다 있을 거잖아요. 어떻게 꽃길만 있겠어요. 이 카드 괜찮네요. 내가 어떻게 할 수 없는 일이 있을 때는 이순신 장군님 말씀을 기억할게요. 그리고 제 앞날엔 꽃길만 있을 수 없다는 것도 기억할게요. 어떤 일이든 일어나겠지요. 선생님이 알려주신 대로 미래는 오직 모를 뿐이라는 것을 기억할게요. 마음이 훨씬 가벼워졌어요."

콩알만 한 녀석이 어른스럽게 말하는 것을 보면, 참말로 이럴 때는 아이들이 어른들보다 훨씬 알아차림이 빠르다는 사실에 놀란다. 알아차림 통찰은 어른보다 아이들이 훨씬 잘 받아들인다.

의외로 초등학생들이 '꽃길만 걸을 순 없어, 괜찮아' 카드에 많이 반응한다. 현실적인 조언이어서 오히려 좋다고 한다. 꽃길만이 아니어도 괜찮다는 말에 공감하며, 이런 응원이 맞다는 평가들을 해준다. '꽃길만 걸어라.'는 응원은 환상적인 것이어서 와닿지 않았다고 한다.

아이들 말처럼 나도 그러했다. 응원도 현실적으로 해주는 응원이 와닿는 것이지, 있을 수 없는 환상의 응원은 전혀 귀에 들어오지도 않았다. 그래서 내가 듣고 싶은 응원과 위로의 문구로 〈괜찮아!카드〉를 만들었다.

실제 우리는 환상과 망상에서 괴로운 것이지, 현실은 살 만하다. 괴롭다고 하지만 우리 마음 한켠에는 감사함도 있다. 원하는 것을 이루지 못해 괴롭기도 하지만, 가진 것들에 감사하기도 한다. 다만 어디에 집중하느냐의 문제이다. 가진 것, 지금의 것, 현실의 것에 집중하면 괜찮다. 힘들지만 괜찮은 것들은 우리에게 넘치도록 있다. 실은 상당히 괜찮은 것들이 많은 것이 인생이다.

요즘 MBTI가 유행이다. 한 젊은이는 'T'형의 응원이어서 오히려 더 힘이 난단다. 현실을 직시하는 응원이어서 좋단다. 이젠 응원도 현실적으로 하자.

"꽃길만 걸을 수는 없어요. 그래도 괜찮아요."

우리는 아무것도 아니니까
아무거나 할 수 있어

    센터에 신규 내담자들이 좀 뜸하면 어김없이 불안이 올라온다. 아직 깨어나지 못했을 때, 어떻게 하면 센터가 잘 운영될 것인지에 대한 문제해결 고민을 하는 대신에 그저 막연히 불안해하고만 있었다. 불안은 생각이 어김없이 망상으로 치달았다는 증표다. '망하면 어쩌지? 망하면 뭐해서 먹고 살지? 내가 할 수 있는 건 말하는 직업인데? 나 다른 일 할 수 있을까?' 이렇게 생각이 꼬리에 꼬리를 물면 어김없이 '박사학위까지 있으면서 다른 일 하면 사람들이 욕해.'라는 데까지 끌려간다.

    하지만 어느 순간 이런 생각을 알아차릴 수 있었고, 그 순간에 딱 잡았다. 이걸 알아차린 그 순간에 가슴팍에서 '내가 뭐간데? 박사 그게 뭐라고? 종이쪼가리에 불과한 것을'이라는 소리가 쿵하며 울렸다. 알아차릴 수 있어서 얼마나 다행한 순간이었는지 모른다. 계속되는 알아차림과 관찰하기 연습으로 이렇게 '되지도 않는 생각'을 하는 나를 발견할 수 있었다. 게다가 '되지도 않는 생각'을 하는 나를 바로잡아주는 소리가 내 가슴팍을 때렸다.

남편이 의사인 숙안씨는 경력단절 여성으로 일자리가 생겼으면 좋겠다고 하며, 일을 계속 못할까봐 불안해했다. 그럼 일을 해볼 것을 권유하자, 그녀는 남편이 의사인데 일을 어떻게 하냐고 했다. 위의 내 사례를 이야기해주며 〈괜찮아!카드〉를 펼쳐놓았다. 숙안씨는 '우리는 아무것도 아니니까 아무거나 할 수 있어'를 골랐다. 실은 카드를 펼치면서 '만일 이 카드를 안 고르면 어쩌지?'라고 내가 긴장했었다. 다행히 그녀는 이 카드를 고르면서 '되지도 않는 생각'을 하는 자신을 알아차렸다. 부지불식간에 이런 생각을 하는 자신이 불쑥 튀어나왔다고 놀라워했다. 그러나 이런 생각을 무의식중에 하고 있었으니 이렇게 튀어나온 것 아니겠냐며, 그녀는 이내 하심이 되어 자신을 받아들였다.

우리 안에는 '되지도 않는 생각을 하는 나'도 있지만, 이것이 잘못된 생각이라며 '바로잡고 싶어하는 나'도 있다. 내가 뭐라도 된 듯한 착각, 내가 뭐라도 있는 사람이라는 자만심, 나는 그런 일 할 사람이 아니라는 교만, 이것들이 직업을 분별하고 사람을 분별하는 '되지도 않는 나'이다. 내가 뭔데? 나는 아무 일이나 하면 안 되는가? 말 그대로 되지도 않았다.

스캇 펙의 《거짓의 사람들》에는 이런 대목이 있다.

인간의 악을 직접 들여다볼 수 있기 전까지는 치유의 희망을 꿈꿀 수 없다. 자기를 깨끗하게 하는 것이야말로 언제나 우리의 최대 무기이다.

이 책은 나의 거짓, 악을 면밀하게 들여다보게 해준 책이다. 독서치료 과정에 반드시 읽어야 하는 필독서로 정해놓았다. 그리고 이 책을 읽을 때까지라도 부디 상담을 멈추지 말기를, 이 책만 넘으면 자유로워진다는 간절함을 가지고 상담을 한다. 원형의 진실인 '악'이 불안으로 둔갑했기에.

뭐든 아무거나 해봐요,
괜찮아요

어느 블로그 강의에서 들은 '검색되지 않는 가게는 없는 가게다.'라는 이야기는 충격이었다. SNS에 나라는 인간을 세상에 드러내는 것을 두려워하던 나에게는 그야말로 청천벽력 같은 이야기였다.

이 말은 마치 내게 발가벗고 세상에 나가라는 말처럼 들렸다. 망상이다. 망상임을 아무리 알아차려도 이미 형성되어버린 망상소설은 살아 있는 유기체로 움직인다. 망상 안에 갇혀서 알아차림은 저 멀리 까마득한 메아리처럼 들릴 뿐이다.

한편에서는 '발가벗고 세상에 나가야 한다.'는 느낌, 한편에서는 망상이라는 알아차림. 손 놓고 내담자가 오기만을 기다리고, 강의가 들어오기만을 기다리던 시절이었다. 알아차림의 힘이 약할 때 펜을 들고 쓰는 연습을 하던 때였던지라, 두려워하는 것들로부터 어떻게 해방될 것인지, 현실불안을 어떻게 타파할 것인지에 대한 대책을 적어보았다. 현실불안이 망상을 가중시켰다. 망상에서 나오는 길은 현실불안을 타파하는 것이었다. 현실에서 극도로 두려워하는 것은 나를 알리는 것이었다. 고질적인 문제가 있는 곳에 보물이 있다고 했다. 나를 드러내는 것에 고질적인 문제가 있다면, 그 해결방안으로 이제 나를 드러내기로 했다.

첫 번째는 SNS를 하는 것이었고, 두 번째는 대면으로 나를 알리는 것이었다. 우선 SNS가 난감했다. 망망대해 같은 인터넷 세상에 어떻게 한 발을 내딛어야 하는지 아무것도 모르던 때였는지라, 지인으로부터 도움을 받기로 했다. 죽은 페이스북 계정을 살려주며 뉴스피드에 글 올리는 것, 블로그 시작하는 것 등 지인이 많은 도움을 주었다.

두 번째, 대면으로 나를 알리는 일에서는 가장 최적의 장소로 도서관을 떠올렸다. 독서치유로 심리상담센터를 운영하고 있으니, 나를 알려야 한다면 도서관이어야겠다는 생각을 했다.

우선 프로그램을 만들었다. 강의로 이끌 수 있는 프로그램을 만들고 제안서를 작성했다. 그런데 프로그램을 구성할 때까지는 신나게 잘 만들었는데, 제안서를 작성하면서부터 떨리기 시작했다. 불안한 감정을 일으킨 생각은 '거절당할까봐'였다. 망상의 생각은 도서관에서 거절당하고 이런 사람이 도서관에 왔다고 흉볼 것 같은 장면들로 이어졌다. 그러자 불안 감정은 점점 두려움으로 이어졌다.

아무리 이런 생각들을 알아차려도, 불안을 멈추게 할 수는 없었다. 현실불안을 가라앉히는 일은 '행동'하는 것임을 계속 자각하면서 도서관 리스트를 만들었다. 도서관 리스트를 만들 때는 더 떨렸다. 떨면서 만들었다. 센터와 가장 먼 곳을 중심으로 다섯 군데 도서관 리스트를 만들었다. 망상 속에서 센터와 가까운 도서관에는 더 이상한 소문이 날까봐, 센터와 가급적 먼 곳을 타깃으로 삼으며 계획을 세웠다.

다섯 개의 제안서를 만들어 도서관으로 가는 날, 더욱 떨렸다. 주차장에 차를 주차하고 제안서를 내는 사무실로 올라가기까지 후들후들 다리가 떨려 계단을 오르는 것이 죽을 맛이었다. 속으로 계속 되뇌었다. '주은아, 아무 일도 하지 않으면, 아무 일도 일어나지 않아. 두려워도 해보자. 떨면서도 하는 거야. 현실불안을 극복하는 길은 행동뿐이야.'

겨우겨우 계단을 오르고서는 긴 숨을 내쉬며 호흡을 가다듬었다. 한라산 등반했을 때만큼의 힘이 들었던 것 같다. 다 오른 계단 끝에서 제안서를 낼 사무실을 찾았다. 두리번거리며 겨우 찾은 사무실 문을 조심스럽게 열며 쭈뼛거리는 목소리로 말했다. "저, 혹시나 이런 프로그램이 필요하지 않으실지…"라며 떨리는 목소리로 부끄러운 듯 서류를 건넸다. 누구에게 무엇을 주고 왔는지도 모른다. 도망치듯이 계단을 내려와 다음 장소로 이동하기 위해 주차장으로 내달렸다.

그날의 목표는 다섯 군데 도서관이었는데, 이미 진이 다 빠져서 다른 곳으로 가는 길에는 너덜너덜 정신이 혼미해져 있었다. 혼미한 상태에서 방문한 두 번째 도서관은 4층에 있었는데, 다행히 엘리베이터가 있었다. 엘리베이터를 타고 4층에 내리자 마침 한 분이 복도를 지나고 있기에 사무실 위치를 물으니, 제안서를 자신에게 달라고 하셨다. 그분이 사무실 관계자인지 어떤지도 모른 채 서류만 드리고 왔다. 그날은 결국 두 군데에서 일정을 마무리하고 집으로 되돌아와 몸살을 앓았다.

그 뒤 어느 중학교에서 그 도서관의 사서분이 소개하셨다며 전화가 왔다. 그 후로도 몇 군데서나 전화가 왔는데, 아마 복도에서 만난 그분이었던 것 같다. 일면식도 없던 그분이 나의 프로그램 제안서를 보시고 연락이 오는 곳마다 소개를 해주신 모양이었다. 이름도 모르고 얼굴도 모르는 그분 덕분에 학교로 이어진 강의들이 생겼고, 한 번 강의를 한 곳은 그다음 해에도 불러주시면서 일이 많아졌고 현실불안은 안정을 되찾을 수 있었다. 그리고 SNS 불안도 사라져 SNS 안에서 소통하며 인간적인 관계들을 형성하고 있다.

망상임을 알아차려도 망상에서 바로 나오지 못할 때가 있다. 그럴 때마다 잡았던 말이 이것이다.

'아무것도 하지 않으면 아무 일도 일어나지 않는다.'

이 말 덕분에 '행동'으로 현실불안을 가라앉히는 경험을 하게 되었다. 망상에서 두려워하며 아무 일도 하지 않을 것이 아니라, 떨면서도 내 할 일을 했어야 했다. 파도는 바다에서 자신의 일을 하듯, 나는 세상에서 내가 할 일을 하면 되는 것이다. 막상 해보면 아무것도 아닌 것을 말이다. 현실에서는 아무 일도 없는 것을 말이다. 망상이 두려움을 만드는 것이지, 현실은 그래도 살 만하며 도전해볼 만한 곳인데 말이다.

욕먹어도 돼, 비난받아도 돼,
미움받아도 돼, 괜찮아

　이안씨의 직업은 편집디자이너이다. 고객으로부터 디자인에 대한 불평을 들을 때가 종종 있다. 그런 날이면 이안씨는 자존심이 무척 상하고 이 일을 때려치워야 한다는 생각, 더 나아가 죽고 싶다는 파국화된 생각에까지 내려가버리곤 했다. 자존심을 내려놓는 연습을 했지만, 막상 누군가가 디자인에 대해 하나라도 흠을 잡으면 '다 때려치운다, 도망간다, 이런 하찮은 나 같은 인간은 죽어야 한다.'는 망상의 생각에 갇혀버렸다. 나와 대화를 할 때는 잘 알아차리는데, 막상 어떤 작은 소리라도 들을라치면 알아차림이 되지 않고 망상의 생각에 빛의 속도로 자신을 가두어버렸다.

연습량이 문제라는 생각이 들었다. 나하고 막역한 사이인 것이 이안씨의 마음 수행에 도움이 되지 않겠다는 생각이 들었다. 인스타그램에 용수스님을 팔로우하고 있는데, 마침 스님의 피드에 이런 글이 실렸다.

나는 욕먹을 수 있어요.
나는 인정받지 못할 수 있어요.
나는 잘못 평가받을 수 있어요.
나는 미움받을 수 있어요.
나를 싫어할 수 있어요.
내 뒤에서 내 욕을 할 수도 있어요.
나는 불행할 수 있어요.
나는 사고가 날 수 있어요.
나는 재수가 없을 수도 있어요.
나는 운이 나쁠 수도 있어요.
나는 왜 이런 것들을 당하면 안 되나요?
내가 뭐간데요?

늘 내가 하던 말이었지만, 흔하면 귀하지 않은 법이라고 흔하게 늘 하는 말이다 보니 알아차리려는 연습을 덜 하는 것 같았다. 그래서 용수스님 말씀을 링크로 주었더니, 그녀는 그것을 예쁘게 프린트하여 본인 모니터 앞에 붙여놓았다. 매일 수시로 이 글을 읽는다고 한다.

여전히 한 소리라도 듣는 날이면 망상이 이안씨를 '하찮다, 죽고 싶다.'는 파국화의 망상으로 끌고 가지만, 모니터에 붙여놓은 글을 읽으며 끌려가는 생각과 싸운다. 점점 이안씨는 망상에서 나오는 시간이 짧아졌다. 망상에서 불편한 감정에 있다가도 이 글을 몇 번 읽으면 바로 밝아진다.

"선생님, 오늘은 뭐 먹을까요?"

이렇게 환하게 웃으며 내게 온다.

점점 이안씨의 망상은 작아지고 이 글을 읽는 힘이 커지고 있다. 이제 곧 이안씨는 이 글대로 될 것이다. 조금만 더 연습하면 된다. 본인도 희망이 보이고 빛이 보인다고 했다. '내가 뭐간데요?'라는 사유는 자존심을 자연스럽게 내려놓게 한다. 이것이 하심이다. 내가 뭐라도 된다는 생각, 요놈의 요물인 에고가 괴롭다고 난리인 격이다. 진짜 나는 조용하고 고요하다.

나 역시 이안씨처럼 무슨 소리 하나를 듣지 못했다. 자존심이었다. 무슨 소리를 들으면 그렇게 끄달릴 수가 없었다. 그러면서 그 소리를 안 들으려고 고치고 있는 자신을 발견했다. 그

후로 생각을 달리했다. '아, 욕먹기 싫어서 고치고 있구나. 그러면 욕이라고 생각하지 말고 내가 잘되라고 하는 말로 받아들이자. 욕먹기 싫어 고친 행동들이 실은 내가 더 잘되게 하는 거구나.'

이런 받아들임이 있은 이후, '내게 말해주는 불평, 불만은 옳다.'를 내 삶의 이정표로 삼기로 했다. 이제는 모든 지적을 내가 개선해야 할 부분으로 받아들인다. 그러니 내가 편하고 좋다. 내가 뭐간데? 타인이 나로 인하여 이것저것이 불편하다면 맞추어주면 그만이다. 타인의 투사로 내가 불편할 수도 있다. 이런 것 저런 것 따지는 시비심 없이 그들이 원하는 대로 해줘도 그만인 것이다.

내가 뭐간데. 그들은 나를 비난할 수도 있고 욕할 수도 있다. 내가 바꿀 수 있는 여력이 되면 바꾸면 되는 것이고 바꾸고 싶지 않은 것은 안 바뀌면 되는 것이다.

그들의 비난과 욕은 그들 몫이다. 그들의 감정 쓰레기를 내가 가지고 올 수도, 가지고 오지 않을 수도 있다. 내가 선택한다. 그리고 무엇을 선택하든 괜찮다. 어떤 선택이든 내가 책임지면 되는 것이다.

자유롭고 싶다. 하늘 위를 나는 새처럼 내 마음이 자유로웠으면 한다. 책임이 나를 하늘을 나는 새만큼 자유롭게 한다. 책임지는 삶. 이것이 자유를 준다는 것을 깨우치는 데까지 반세기나 걸려버렸다.

당신 삶을
존경합니다

내가 26세에 시집을 가서 그런지 엄마는 아직도 나를 그 나이로 보시는 것 같다. 없는 형편에도 26세 젊은 처자들이 입을 만한 옷들을 어디서 그렇게 사오신다. 음식 솜씨도 별로 없으면서 그렇게 이것저것을 만들어다 주신다. 아무리 하지 말라고 해도 듣질 않는다. 게다가 사기친 그놈들을 벌 받게 해야 한다며 십 수 년 동안 그 일에 매달려 계신다. 본인만 매달리면 될 것을 나까지 같이 매달리지 않는다고 무차별 폭탄격 소리를 지를 때가 간혹 있었다.

아버지가 돌아가시고 그동안 억압되었던 폭력성이 나오는 것일까? 당신 말을 듣지 않으면 돌아가신 아버지처럼 온 집안 살림살이를 내팽개쳤다. 끝이 나지 않는 폭력의 귀신들. 내 가정부터 지켜야겠다고 호소하면, 엄마부터 살려야 네 가정이 산다며 자신부터 살리라고 맹렬하게 몰아붙였다. 엄마로부터 도망가고 싶었던 날들, 아빠의 학대로부터 보호해주지 않은 것에 대한 원망들, 돌아가신 아버지와 꼭 닮은 폭력성, 무조건적으로 엄마를 사랑했던 무지에 가려진 사랑, 이런 감정들에 갇혀 천륜이라는 것에 몸서리치던 때가 있었다.

천륜을 끊을 수는 없었다. 천륜을 끊은 후의 죄책감과 죄의식을 더 감당하기 힘들 것 같았다. 선택해야 했다. 선택 뒤에 따르는 책임, 천륜을 끊을 수는 없었다. 그렇다면 이렇게 불편한 감정에서는 나와야 했다.

어찌 내려놓아야 할지를 몰라 하며 헤맬 때, 헤르만 헤세의 《싯다르타》라는 책에서 다음 문구를 만났다.

그들의 맹목적인 성실성, 맹목적인 강력함과 끈질김으로 인하여 사랑할 만한 가치가 있고 경탄할 만한 가치가 있었다.

그녀의 맹목적인 강력함, 맹목적인 끈질김이 사랑할 만한 가치가 있고 경탄할 만한 가치가 있다고 싯다르타는 말해주었다. 당장 이 글귀를 A4용지에 큰 글자로 써서 벽에 붙여두었다. 그녀를 너무도 이해하고 싶었다. 벽에 붙인 종이 글자들이 부디 마음까지 내려오기를 빌면서 벽에 머리를 몇 날 며칠 처박았다. 이 말을 곱씹으며 머리에서 가슴까지 내려오기를 수도 없이 염원했다. 그만큼 간절했다. 나는 그녀가 원망스러웠지만, 지긋지긋했지만, 그러나 그녀를 너무도 사랑했기에, 그녀의 '맹목적인' 성품은 가치가 있다고 부르짖었다.

나를 살리기 위해 이 말을 잡아야만 했다. '맹목적인' 그녀를 한 인간으로 받아들이기 위해 맹목적으로 이 말에 매달렸다. 매달린 결과, 비로소 그녀를 한 인간으로 받아들일 수 있게 되었다. '맹목적인' 그녀의 삶을 존경할 수 있게 되었다. 존경받지 못할 인생이 어디 있으랴, 그녀도 살기 위한 몸부림이었을 것이라며, 맹목적인 한 인간의 '삶'을 사랑할 수 있게 되었다. 그녀의 '삶'을 사랑하게 되었다.

이 경험은 내 삶의 지지대가 되어 훗날 어떤 서운한 사람이 나타나더라도, 이해할 수 없을 만큼 이상한 사람이 나타나더라도 이해하는 힘이 되었다. '맹목적인'을 곱씹으면 그때의 그 감흥 그대로 그들의 삶을 경탄하고 그들의 '삶'을 사랑할 수 있게 되었다. 그들의 삶, 그들의 이야기, 그들의 서사를 경탄할 수 있게 되었고 사랑할 수 있게 되었다.

"당신의 '삶'을 존경합니다."

사 랑 하 는
내 딸 아

〈괜찮아!카드〉를 만들면서 '디다봐학교' 오픈 채팅방 커뮤
니티에서 엄마에게 받고 싶은 응원, 엄마에게 듣고 싶은 말이
무엇인지를 물었다. 평소에 듣고 싶은 말을 듣지 못할 때는 두
가지 방법이 있다. 해달라고 부탁을 하는 것, 또는 부탁이 안
통하면 나 스스로에게 해주면 된다. 구체적으로 어떤 말을 듣
고 싶은지 스스로가 자각해보는 시간을 가져보자는 차원에서
오픈 채팅방에 물었다.

아래는 그녀들이 답변해온 것이다. 엄마에게 듣고 싶은 말
을 쓰면서, 이 짧은 문장들을 쓰면서 그녀들은 울었고 그녀들
은 스스로 무슨 말이 가장 응원이 되는지를 알아차렸다. 이 작

은 이벤트로 그날 우리는 모두 짠하면서 따뜻했다.

사랑하는 내 딸 지윤아, 우리 지윤이가 사는 세상은 자유로운 세상이란다. 세상에 눈치 보거나 얽매이지 마렴. 세상을 맘껏 누리고 즐기면서 홀가분하게 살았으면 좋겠어. 그렇게 살아갈 지윤이를 응원해. 사랑해, 괜찮아! 지윤아.

내가 물을 엎지르거나 국을 쏟았을 때 화내면서 내 등을 때리지 않고 '괜찮아'라는 한마디 해주는 거 듣고 싶어요! "유진아, 오늘은 어땠니? 요즘 기분은 어때? 뭐 고민거리는 없니?"라고 물어봐주세요. 엄마, 나 좀 봐주세요.

느려도 괜찮아. 네가 정성을 들여 하는 모든 일은 시간과 관계없이 가치 있는 일이야. 지금 당장 빛을 보지 못하더라도 언젠가는 지금 너의 노력이 빛을 발할 날이 올 거야! 엄마는 너를 믿어. 꼭 이루어질 거야.

미안하다. 내가 힘들게 하지? 유정아, 엄마가 잠시 떠나 있었던 시간들. 얼마나 4남매가 힘들었니? 미안하다. 엄마가 그때는 너무도 몰랐다. 너희들을 두고 어찌 떠날 생각을 한 것일까? 큰딸

유정아, 많이 힘들었지. 진심으로 미안하다. 그리고 많이 사랑한다. 토닥토닥.

윤경아, 엄마도 엄마가 처음이라 첫째인 너에게 어떻게 해야 할지 몰랐단다. 누구보다 사랑스럽고 똑똑한 너를 알아보지 못해 미안하구나. 좀 더 가르치고 좀 더 사랑해줄 것을... 미안하구나. 힘든 세월 살아내느라 애썼다. 남은 인생 엄마가 응원할게. 사랑한다, 내 딸아.

은선아! 요즘 너 많이 애쓴다. 잘하고 있구나, 우리 막내. 엄마는 네가 있어서 너무 행복하단다. 우리 은선이 앞으로도 지금처럼 씩씩하게 잘 해낼 거라고 믿어. 누가 뭐라 해도 우리 은선이는 엄마의 소중한 보물이란다. 많이 사랑한다. 우리 딸!

주현아, 오늘은 어떤 하루였어? 그 뭐시라고? 괜찮다, 걱정하지 마라. 엄마가 있잖아.

일하면서 애 키우기 힘들지? 뭐 먹고 싶노? 엄마가 만들어줄게. 넌 맛있게 먹기만 해.

엄마가 너희들 키우느라 힘들었지만 너무 보람되고 좋았다. 큰 소리치고 때린 건 미안하다. 엄마도 사는 게 힘들어서 그랬네. 그래도 너희들이 곁에 있어 참 고맙다. 너희들 잘사는 게 엄마한테 효도니 남편 잘 섬기고 가정 잘 꾸려라.

은화야, 사랑해. 우리 은화 많이 애쓴다. 잘하고 있으니 힘내. 엄만 늘 네 편이고 널 응원한단다. 잘하고 있어. 사랑한단다.

세진아, 우리 세진이 오늘도 애썼지. 지금도 충분히 잘하고 있어. 마음 편하게 먹고 하고 싶은거 뭐든 다 해봐. 엄마가 옆에 있잖아. 소중한 세진아! 엄마에게 와줘서 고마워!

인지야, 일어나 세상 밖을 한번 걸어보렴, 행복한 걸 향해 달려 보는 것도 좋겠지? 하지만 엄마는 인지 지금의 모습 그대로도 너무나 사랑한단다. 지금도 충분히 빛나는 내 둘째 딸.

맏딸로 태어나줘서 고마워! 존재 자체로 소중한 정임아, 사랑해! 괜찮아! 잘하고 있어! 우리 딸 넘 자랑스럽다! 널 믿는다! 넌 잘될 거야! 훌륭한 사람이 되어라! 엄마는 항상 정임이 편이야! 엄마가 항상 함께할게! 지켜줄게! 우리 딸 옆에 있어줄게! 사랑해! 잘하려고 너무 애쓰지 말고. 건강 챙겨가며 쉬엄쉬엄 즐기면서 하렴.

혜리야, 나는 네가 잘 해낼 수 있을 거라고 믿어. 겁내지 말고 한번 해봐.

지승아, 잘하고 있네, 잘할 거야. 그리고 괜찮아, 걱정할 필요 없어. 시간 지나면 괜찮아질 거야. 실패해도 괜찮아, 실수해도 괜찮아, 다시 하면 돼. 지승아, 네가 있어서 엄마는 큰 힘이 되었단다. 너는 뭐든 잘될 거야. 엄마는 언제나 네 편이야. 네가 어떻든 뭐든 사랑해.

우리는 모두 내가 엄마가 되어 나에게 들려주고 싶은 말들을 해주었다. 그렇게 받고 싶었던 무조건적인 사랑으로 자신을 보듬었다. 이제 나를 무조건적으로 사랑하기, 나와 친구하기, 나에게 친절하기를 약속하면서.

비워낸 그 마음자리에
빛이 가득하길

《꿈꾸지 않으면》이라는 그림책에 '배운다는 건 꿈을 꾸는 것, 가르친다는 건 희망을 노래하는 것'이라는 글귀가 있다. 내용이 참 좋아 찾아보니 간디학교 교가였다. 그림책에는 고양이 세 마리가 등대의 등불을 보면서 꿈을 찾아 떠나는 모습이 그려져 있다. 등대의 등불을 보면서 법등명이라는 단어가 생각났다. 나는 '내려놓음'이라는 법을 등불 삼았다. 살리려면 죽어야 한다는 말을 법등명 삼았다. 나를 살리려고 내려놓았다.

수치심과 죄의식은 따뜻하게 보살피고 위로해주면 해소되는 감정이었다. 수치심과 죄의식을 일으키는 주체는 내면아이이다. 내면아이가 앞장서서 이런 감정들을 일으키면 나는 곧 갇혀버린다. 이럴 땐 내면아이를 따뜻하고 부드럽고 친절하게 다스리면 쓰윽 나에게서 떨어져 나간다. 그러나 내면아이의 결핍으로 만들어진 변질된 인격체인 질투, 교만, 자만의 자기 중심적 생각, 더 나아가 자기애성은 내면아이처럼 달래서 되는 일이 아니었다.

내면아이도 가짜라는 것을 알게 되었으니, 이것들도 가짜라고 명명(나 잘난 여사)하며 알아차렸지만 좀처럼 나에게서 떨어져 나가질 않았다. 하심으로 내려놓아야 하는 것들임을 알아차렸다. '나 잘난 여사'의 에고가 올라올 때마다 '내가 뭔데?'라고 다시 알아차리는 연습은 '요년'을 소멸시키는 데 도움이 되었다. '요놈, 요년'이라 하는 것은 에고를 알아차리기 위해 자신을 객관화하는 나의 수행 방법이다.

점차적인 연습으로 어느 날 '탁' 끊기는 느낌을 받았다. 모든 것이 '탁' 놓아지며 사라지는 느낌. 드디어 '내가 된 것' 같았다. 아무것도 없는, 생각이 끊긴 느낌, 텅 빈, 그저 깨끗한, 조용한, 고요한, 미동의, 밝은, 맑은, 빛, 안도감.

이런 느낌들은 좌선하며 앉을 때 신비처럼 느껴진 날들이 많았지만, 이날은 달랐다. 일순의 조화가 일어나는 편안함과는 차원이 좀 달랐다. 궁극의 '안도감'이었다. 이 '안도하는 자리'가 진짜 나라는 걸 누구에게도 배운 적이 없었지만, 이것이 진짜 나라는 것을 알았다. 이것이 나였다. 나를 찾아 떠난, 내가 되기 위한 지난 8년의 세월 끝에 나는 여기에 있었다. 나는 내가 되었다. 이것이 나라는 명확함이 있었다. 텅 빈, 안도가 나라는 것을 명확하게 안다. 나를 찾기 위해 떠난 길부터 내가 되는 길까지, 내가 누구인지를 찾는 여정은 이제 끝이 났다. 가볍기가 이루 말할 수가 없다.

이 긴 여정 끝에 또 묻는다. 나는 어디로 갈 것인가? 내가 되기 위해 걸었던 그 길은 이제 하나의 길이 되었다. 내가 되기 위해 했던 방편들을 이제 내가 되기 위한 자들에게 나누어주려 한다.

'비웠기에, 내려놓았기에, 놓아버렸기에 나는 나를 찾을 수 있었다. 빛이 되었다.'

마음의 안부를 묻는 시간

초판 1쇄 발행　2024년 4월 30일
초판 2쇄 발행　2024년 6월 15일

지 은 이　　윤주은
펴 낸 이　　한승수
펴 낸 곳　　문예춘추사

편　　집　　이상실, 구본영
디 자 인　　박소윤
마 케 팅　　박건원, 김홍주

등록번호　　제300-1994-16
등록일자　　1994년 1월 24일
주　　소　　서울특별시 마포구 동교로 27길 53, 309호
전　　화　　02 338 0084
팩　　스　　02 338 0087
메　　일　　moonchusa@naver.com

I S B N　　978-89-7604-659-8 03810